1998年8月15日凌晨2时20分，

肇源县新站镇胖头泡段国堤因无法承受前所未有的特大洪水漫堤决口……

天津出版传媒集团
百花文艺出版社

图书在版编目（CIP）数据

新站 98 抗洪轶事 / 赵献涛著 . -- 天津 : 百花文艺出版社 , 2023.5
ISBN 978-7-5306-8499-3

Ⅰ . ①新… Ⅱ . ①赵… Ⅲ . ①纪实文学—中国—当代 Ⅳ . ① I25

中国国家版本馆 CIP 数据核字 (2023) 第 049304 号

新站 98 抗洪轶事
XINZHAN 98 KANGHONG YISHI
赵献涛　著

出 版 人：薛印胜
责任编辑：郑　爽
装帧设计：百悦兰棠［BAIYUE LANTANG］
出版发行：百花文艺出版社
地址：天津市和平区西康路 35 号　　**邮编：**300051
电话传真：+86-22-23332651（发行部）
+86-22-23332656（总编室）
+86-22-23332478（邮购部）
主页：http://www.baihuawenyi.com
印刷：廊坊市海涛印刷有限公司
开本：880 毫米 ×1230 毫米　1/32
字数：145 千字
印张：7
版次：2023 年 5 月第 1 版
印次：2023 年 5 月第 1 次印刷
定价：68.00 元

如有印装质量问题，请与廊坊市海涛印刷有限公司联系调换
地址：河北省廊坊市安次区码头镇金官屯村海涛印刷有限公司
电话：（0316）2516002　邮编：065000

他用文字留下一座抗洪的纪念塔（序）

王鸿达

肇源这几年没少跑，因为去讲座、采风和深入乡村生活，结识了不少当地的文友，还因为那里有两条江，夏天很喜欢往那里跑，一条是发源于大兴安岭的嫩江，一条是发源于长白山的第二松花江，两条江在肇源境内汇合，又形成了第一松花江，在两江汇合处当地人叫三岔河，北边山里来的嫩江水黑，松花江水黄，两条江水泾渭分明汇合后滔滔不绝地向下游流淌……当然了，江水也滋养两岸靠江吃江的人们，当地人说嫩江里的鱼比松花江里的鱼还好吃，肉香味美。从小在嫩江边长大的赵献涛父亲给他取这个名字，一定也与这条江有关吧。

一个县境内能有两条江流过是多么奢侈的事啊，多么叫人羡慕的啊！肇源在没划归大庆之前，大庆是一个周边无江无河的城市。我在二十多年前写过一篇小说叫《寻江河流》当时发表在《海燕》上，写的是有一年夏天和朋友（朋友开车）去肇源看江，结果跑出城一小天，车坏在半道上了没看成江。肇源的江在那时就给我一种望梅止渴的想象。后来肇源划归大庆，再后来我们认识的一个文友在那里当了县委书记，我们就有了各种机会和理由去肇源了。虽然那个文友已不写诗，可文学情结还在，江是叫我们看个够，吃江鱼喝酒也叫我们吃个够喝个够。说起来这都是十七八年前的事了。

在肇源的文友当中，赵献涛是我认识较晚的一位，2018年末，市作协组织作家写扶贫报告文学，我带三四位作家去了肇源县和平乡，他那时在和平乡当书记，初次见到赵献涛是一副书生相，细细的个头，和气的面孔上细眯着一双清目，酒却和当地人一样喝。聊起来他果然是农业科技技术人员出身，而且还是专家。获过不少省里和国家农业科技成果发明专利。和平乡成了寒地大棚玫瑰花种植基地，就是他改进推广的。再每次到和平乡去，他就引我们到玫瑰花大棚里，听他念玫瑰经。我好奇的是让农民不种地去种玫瑰花，他这个书记是怎么把农民种玉米水稻观念转变过来的？

这之后过了有三年，肇源一文友约我去肇源玩，到了县里，朋友一路沿江堤驱车兜风，这一年雨水挺大，堤内的杨树林被水泡过，到了靠江边的古恰镇，又见到了赵献涛，他调任到这里当镇书记，几句寒暄之后，没想到他又把我们带到江堤边的一片紫色花海，又向我们介绍起他栽培的一种新的花卉品种，看他滔滔不绝的样子，我们实在不忍心打断，倒是生出一丝担忧，如果江水漫堤，这片还没成型的花海是不是得打水漂了？

过了几个月，赵献涛在微信里跟我说，他培育的花卉到了观赏季叫我去看看。当时，我正忙着修改将要出版的长篇小说，再一个受疫情影响，便婉言谢绝。

今年秋天，赵献涛突然打电话来，说他要出版一本关于1998年的抗洪纪实文学作品，问我能不能帮他写个序？这叫我一愣！他一名基层最忙的主官还能有时间写出十多万字的作品？他又在电话里说，他写了好久，早就想出版了。我迟疑了一下，随后答应下来。

老实地说，这几年到肇源县里去，每次看到县城西南边矗立的98抗洪纪念塔，我心里总是要被触动一下的。后来那两个98字样的纪念塔被圈进了肇源县新建成的一中校园内。我期待能看到肇源作者中有人写出这样一部纪实文学作品，像这个纪念塔一样被留下来。

我没想到的是，这个印象中总是埋头在花海里喜欢跟花卉打交道的赵献涛竟拿出这样一部纪实文学来，他的文字也超出我的想象，此前我看他写的东西很少，虽然他跟我说过，他想成为这片土地的记录者，这或许是他想侍弄的另一种花，但能不能盛开还要看气候和土壤等诸多因素。

无疑这部书稿是打动我的，平常的电子版书稿让我看得累眼，但看这部书稿不同，看了后，就不想停。只有用生命亲身经历过那场大洪水的人才能写出这样惊心动魄的文字来，只有让江水、雨水、汗水、泪水、冰水浸泡了一百五十多个日日夜夜的人才能写出这样处处逼真的场景来，只有生在这江边的人才能写出这样波澜壮阔的文字来。啊！嫩江的子孙，你注定带着这样的使命。1998年，你与这样一场三百年未遇的大洪水相遇了！这是你的不幸，也是你的幸运！

1998 年，赵献涛是当时新站镇农技站站长、包村干部。他的这部书稿聚焦新站抗洪，进而辐射全县抗洪，一场描绘沿江家园保卫战画卷徐徐向我们铺展开来，领导干部和百姓群众奋勇保卫家园。这些人物无一不是在作者的笔下那样栩栩如生，鲜活感人。因为他们是和作者同在一条江战斗过的领导、同事、江东父老乡亲，共同经历了那段生死难忘的日日夜夜。包括作者笔下写到的大难来临时那些牲畜，都带有一颗悲悯痛彻的心……

长期在江边生活的人们，和江是灵性相通的。从生态意义上说，我看到从小在江边长大的赵献涛，面对这样一场大洪灾，不是去怨天尤人的诉说抱怨，而是心怀敬畏和感恩。如描述洪水来临的前兆：江面上跳满了鱼，村民用镰刀就能把鱼赶到岸上来……

防汛，对于肇源人来说是老生常谈，松嫩两江穿流而过。肇源人民是喝着江水长大的，1998 年的汛情和往年不一样，秋风起的急，江水黑得早，江边的老人看完江水开始尅鱼，晒鱼坯子，说今年年头不好，留着过冬时吃，省的挨饿。紧张的气氛开始在毗邻江水的村屯里蔓延……1998 年，天像被谁捅破了一个大窟窿，被风吹乱的云层乱窜，窜到哪里就是一片暴雨，天也黑了，地也黑了，江也黑了……

同饮一江水，灾难面前见同心。这部长篇纪实作品里有三个章节是直接写到县委书记田凤春的：“县委书记住险段”“田凤春决口救人”“叠加洪峰传手令”，从汛情发生起他的身影始终奋战指挥在风雨交加的江边第一线。特别让人感动的是在“田凤春决口救人”里的一段描写：田书记和堤上的民工、解放军一样，两天一夜滴水未进，嗓子哑得说不出话来，两眼通红。一连三天三夜没有脱衣服，没有睡觉，穿在身上的衣服湿了干，干了湿，雨水和汗水混在一起，泛起白花花的碱，工作人员从车里找出几袋面包，几瓶矿泉水，让领导赶紧吃一口，田书记看着堤上的男女老少，推开了，“他们有吃的，我才吃，我是他们的父母官哇。”田书记哭了，堤上的人也哭了……作者笔下的县委书记形象是真实可信、可亲的，有这样和江东父老一起同舟共济的父母官，还有什么坎不能迈过去？还有新站镇党委书记陈立敏，面对排山倒海泄来的洪水，沉着冷静，像一位指挥千军万马的将军，而对患有脑血栓仍坚持挺立在江水中的镇党委副书记许凤生却又关怀体察心细如发，在他倒下无医可治时为他找来会针灸的土中医。这样的镇领导班子在洪灾面前没有人退却，坚如磐石。开篇“女将抢险见豪情”就写镇妇联主席郑波和男人一样跳进江水中引发个别村干部的议论，最终感动了县委书记也感动了在场的每一个干部群众。“拼命三郎包维一”一章中的包维一无疑也是土生土长的肇源人，我多次到肇源，了解到蒙古族是清末开放蒙荒前当地的土著。作者笔下这个当过兵的蒙古族镇武装部部长，身上真有一股拼命三郎的劲儿，哪里有险情哪里就有他的身影，我吃惊于作者曾和包维一有过这样惊心动魄的遇险经历，一次清障的32名民兵被困在胖头泡一片汪洋中的孤岛上了，突起的暴风雨使胖头泡段水面风大浪急，包维一带着赵献涛和一名船工前去救人，船工犹豫了说这样的天气不能出船。包维一决然断喝道："下刀子也得去！"小船进了深水区果然陷住了，急流推着小船打转儿，船上的苫布被大风吹掉了，船体灌进水，危急时刻，包维一和赵献涛两人一边扯苫布一边往外淘水，刚刚把水淘净稳住小船，小船又顺流被冲到了一处激流边，下面是两米多的落差，小船扎下去必葬身水底！船工也慌神了，拼命扳浆，他们两人死命把身体紧紧贴压在船梆的右侧才让小船调转了船头方向，驶出了险区。吓出一身冷汗的包维一对船工说："龙王爷知道咱们是去救人的，不能把咱们留在这儿，只要活着就要去救那些被困的队员。"说得船工哭了起来，哽咽地说："我是头一回遇到啊，你们当官的咋比我们老百姓的胆子还大呢，这回你说咋干就咋干……"

这部纪实文学打动我的除了上述人物，还有那些草根人物，他们是一些普通村民，他们也是这条大江的子孙，平时像水草一样浮在水下泥里不被人注意，关键时刻也挺立了起来。王二嘎同包维一一样，也是作者花笔墨较多的一个人物，而且通篇都能看到他的影子，王二嘎何许人也？且看作者前边对他的描写：二嘎子姓王，名梦东。他的脸黝黑黝黑的，家住铁路北的靠山村，在靠山村都知道他的外号叫"王二嘎子"。在作者的笔下，他成了一名抗洪抢险的英雄，江水中不会水的王二嘎腰缠矿泉水空瓶子救出了副书记，守护的江堤出现险情只剩下他一人时用身体压住管涌，在撤退时他解开了拴在树桩的马，骑在马背上一起游了出来，他不想当吃“白食”（救济粮）的灾民，主动参加了清障队，并且在江面刚封冻没人敢往前蹚时，他第一个踩冰面蹚了过去，尽管掉进了冰窟窿里也毫不惧色。从王二嘎身上让我看到一个草根村民成长为英雄的过程，看到这片土地顽强的希望！还有那个寥寥几笔勾勒出的当向导的村民老王：夜，县委书记田凤春，镇党委书记陈立敏，沈阳军区张部长，67师陈师长等人在发展村的山冈上观察水情，没想到这个冈上竟然有一个塑料搭的帐篷。这家主人叫王士杰，五十多岁了，房子被淹倒了，三口人只把身上的衣服带了出来，屋里头啥都没救出来，他昨天刚带着老婆孩子在这冈上搭了个帐篷，打算将就几天。看见他们，老王急得直搓手，满脸歉意：“都是来帮我们的，得招待吃口饭，房子倒了啥也没拿出来，我给你们烧苞米吃吧。”说着就去后面地里掰了一抱苞米回来，树枝子点着火，烧起了苞米……

夜里两点，市防汛指挥部通知：从石人沟给你们调10条船，他们路不熟，你们来一名向导。陈立敏焦急打电话给古城村，让他们抓紧寻找向导。

“我去行不行”？一直坐在旁边不出声的王士杰自告奋勇。

田书记：“行，但是天黑，水流急，你水性好不好？”老王说：“从小在江边长大，没学会走路先学会狗刨的，放心，我能把道领好。”陈立敏激动地紧紧握着老王的手。

老王身影转眼就消失在夜里。陈立敏感叹：这片土地总让人饱含热泪。

正如这位新站镇书记的话，这片土地上的人总是让人饱含热泪。读到这里许多人也会和我一样泪目的！这就是普普通通的肇源村民，谦卑实在的都不想让人记住他们的名字。他们的背影却又如此高大！

哪里有灾情哪里就有人民子弟兵的身影。从将军到士兵，他们把人民的安危视为最神圣的职责。1998 年我曾在电视里看到这样一个镜头，沈阳军区政委姜福堂中将乘直升机视察肇源灾情时，在飞过一片水域时，救出一个在水中漂泊的灾民，新闻的镜头很短。而赵献涛将当时很多不为人知的细节展开详细描写，为救这个被困在水中的农场职工，姜政委和机上人员费尽周折，虽然搭救有些冒险，可最终还是把人救了上来，生命至上，一个大军区政委救人的举动在当时打动了很多人。在作者的笔下，还有一个士兵的举动同样叫我感动，在“郑妈巧遇当兵儿”章节里，描写的故事不单单是军民鱼水情和母子情。郑妈唯一的儿子当兵走了，洪灾发生时，儿子当兵的部队又回到了家乡来抗洪，郑妈得知儿子的部队也在江堤上抗洪，就和老伴找了三天也没有找到儿子的身影。部队有纪律，儿子抗洪虽然离家近在咫尺也不能回家探望。部队撤离时为不惊动地方百姓，清晨一大早悄悄出发，可得了信的村民还是自发站在路边送行，装成袋的干粮、煮熟的鸡蛋、刚摘的沙果往军车上扔，烀好的苞米往当兵的怀里送。郑妈煮好了几袋鸡蛋，也往军车上扔，最后一辆军车开过来时，郑妈扔上去的一兜鸡蛋却被扔了下来，郑妈又往上扔，鸡蛋又被扔了下来，郑妈抬头愣住了，车上扔回给她鸡蛋的不是别人，正是她惦念的19岁儿子郑强，郑妈刚要喊什么，军车已开远了，儿子知道这鸡蛋是妈妈这些日子舍不得吃攒下的，儿子怎么能舍得吃……军车很快消失在郑妈妈模糊的视线中，郑妈妈坐在路中间抱着鸡蛋眼泪唰唰地就流下来了。这一刻苍天若有情，也会被感动落泪的！这一刻也会让被驯服下来的大江哽咽的！这一刻也会让凄冷湿漉漉的秋风记住的！这就是江东父老情啊！

写完这篇文字时，今年已下过两场冬雪。我突然想到一百三十多公里外的肇源大江，此刻江面上一定覆盖着皑皑白雪了吧，我很想在冬天去那里看看冰封的嫩江和松花江江面，真的，这个念头其实我早就有了，冬天的大江会是什么样子呢？千里冰封，万里雪飘时，两条像缠绵冬眠的蟒蛇卧在雪里的大江一定会很静，很美！

我期待着，如同期待着赵献涛的文学梦也面朝大江春暖花开一样！

2022年11月29日小雪节气于家中

目　录

第一章　丁家围子保卫战

奔腾南下的嫩江水，在脚下静静地流淌，千百年来生生不息地滋养哺育着两岸人民。继 1932 年和 1957 年洪水之后，新站镇再一次迎来了一场特大洪水的考验，在洪灾面前，勇敢的新站人民用果敢和拼搏，在万米的巍巍长堤上，筑起了一道道坚不可摧的屏障，用钢铁意志和血肉之躯又一次诠释了“万众一心、众志成城、不怕困难、顽强拼搏、坚韧不拔、敢于胜利”的伟大抗洪精神，奏响了新站人自强不息的壮丽凯歌。在这种精神的感召下，我们又一次创造了战胜洪魔的奇迹。

1998 年夏，风大、雨急。连日来，肇源县新站镇经历了松嫩平原罕见的暴风疾雨。一场历史上百年不遇的洪水袭击了肇源县新站镇，当无情的洪水蜂拥而至的时候，全镇人民在县委、县政府的领导下，与洪魔展开了生死较量。

嫩江发源于大兴安岭伊勒呼里山，从源头至三岔河全长 1370 公里，肇源县内的嫩江为下游，因水色黝黑也称之为“大黑水”。

嫩江流经肇源县境内的古龙、新站、民意、茂兴四个乡镇，在茂兴镇三岔河汇流入松花江干流，总流程 114.26 公里，河槽宽 300 多米。

◎ 女将抢险见豪情

入夏以来，嫩江段水势凶猛，但官家亮子水位和往年持平，暂时无恙。官家亮子与嫩江之间修了一条水泥大坝，耐水泡还防止江水冲击大坝。嫩江涨水时，在官家亮子的大洼底设置了简易放水闸，立了九棵又高又粗的松木桩，大家都称之为九棵桩子。每逢嫩江涨水，就能把官家亮子蓄满，鱼苗顺水来的，不用特意撒，附近的村民打鱼卖钱，老天爷掉下来的财，这些年水从没超过亮子的上沿。

今年刚进 6 月，这雨就跟梅雨似的，没断过。直觉今年的汛情会比往年严重，在 6 月 10 日，新站镇召开了全镇防汛动员大会，紧急部署，确定各村支部书记为所在村防汛调度第一责任人，各村安排充足人力，责任到人。各村书记带领民兵连长和不同堤段负责人共同奋战。以红头文件形式下发到各个党支部，从文件下发之日起所有人员不得擅自离开新站，所有人要保证 24 小时通讯畅通。

7 月 6 日，嫩江一号洪峰到来时，嫩江水位嗖嗖上涨，不到十个小时，官家亮子和嫩江水位落差近 3 米高，水位越涨越高。官家亮子里面有水面 7 万多亩，蓄水能力是 1.4 亿立方米。官家亮子里的水不满，鱼都在水底下闷着，水流速度一快，鱼都往水面上跳，鱼像受了惊吓似的撞着闸门。当时站在放水口，拿镰刀就能砍到大鱼，村民们从小在江边长大，不怕水，看着翻滚的鱼，心里开始犯嘀咕。

下午，县政府负责防汛责任段的县工商局局长看西南风刮得厉害，他蹲在堤上看沙袋垒得密不密实，发现沙袋之间能捅进手指头，他怕国堤挺不住，晚上 8 点多就开始打手电巡堤，到了 11 点半，听见堤下的水流声大，手电一照，水涨到了手底下，要触碰他的手了，吓得他赶紧缩回手，国堤迎水面护坡全部被打碎，堤身脱坡 400 米。已经十几年没有上过水的国堤，堤段上防汛物资和人员还按照往年的数量准备的，水眨眼之时就到了坝脚，国堤上分不清是鼠洞还是管涌，就听见哗哗淌水声，驻堤的村民们操起铁锹堵管涌，铁锹被坝上的石子弄卷刃了。

护坡上的土噼里啪啦往下掉，堤身脱坡，洪水在坝脚那拧劲，土被一圈一圈冲刷掉，局长看多处出现陷壳，一着急给新站镇党委书记陈立敏打电话："陈书记，你们段坝脚削薄了，我看得赶紧连夜上人啊，新合村堤段护坡最少也要有 200 人啊。"陈书记接到电话，连夜紧急通知每个村上 20 人，500 条编织袋，两车防汛草和一车防汛木杆，镇干部男同志全员参战，7 日早晨 5 点在新合村堤段集合。

按原部署，镇妇联主席郑波留守镇里，负责后勤保障。散会她就来到陈书记办公室："陈书记，我是土生土长的新站人，对这片土地有感情，工作情况熟悉，防汛工作千头万绪的，我上江堤，领导有啥想不到的，我好给领导提个醒，另外我新合村妇女能顶半边天，也是给全镇妇女参与防汛工作带个头。”陈书记考虑一些老新站人的传统观念，对妇女上堤有忌讳，加之抗洪抢险是力气活儿，吃住在堤上，女同志去防汛实属不方便。笑着说：“你留在镇里负责后勤保障工作，兵马未动粮草先行啊。”任凭陈书记怎么说，郑波就是站着不走，坚持要去新合村抗洪一线，陈书记无奈地默许了。

郑波的父亲担任过新站镇党委书记，骨子里她就是新站人，对待镇里工作是父一辈子一辈的感情，工作中带着浓浓的乡土人情。妇联工作连续多年全县第一名，虽说只是党委委员，但有一定的话语权，镇里哪个妇女受到欺负，她敢出头，谁家有个大事小情她都提前去帮忙张罗，有个为难的事，她比本家都着急上火，用她自己的话说：天生操心的命。

7日的凌晨3点多抢险队队员还没到堤上，南湖三分场鱼坝漫堤决口了的消息就传过来了，陈书记带领着支援队伍冒雨往新合村的堤上奔，只见嫩江和南湖三分场的水交汇一处，滔滔江水翻着浪头，迎面冲向新合村大堤，江水水位直线上升……

民兵连连长郭大凤带领十几个村民比陈书记早一步到堤上的，一看傻眼了，不到半天时间，堤上的编织袋被风刮得到处都是，堤上堤下的，水位已经超过坝脚了，驻堤的村民正拿杆子从水上捞编织袋，跟没头苍蝇似的，这哪里是防汛队伍啊，村支部书记于胜青脸上挂不住了，站在防汛窝棚前，大声和前来支援的抢险队队员说：“这是我们新合村的堤段，我们马上增人添物资，自己段自己防，大家都回自己防汛段去吧，谢谢大家顶风冒雨来支援我们，谢谢啦！”

明眼人都能看出来于胜青是死鸭子嘴硬，咋还不借坡下驴呢。

于胜青唱的这出不管点在哪根弦上，眼前最要紧的是抢险防汛，这人都来齐了还让不让各村在这支援呢，他这是扒拉的哪个算盘珠呢。陈书记站在那：“各村人都到齐了，咱们镇发扬一方有难，八方支援的传统，其他村出现险情，我也是带队支援！”

于胜青，四十五六岁，中等个，四方脸，眉毛连着胡子，嘴唇向前伸，用他自己的话：“我天生就毛发重，有人缘。”于胜青居家过日子是把好手，前些年村里有些积蓄，修了三条路，村民下雨天也能干爽地出屯子了。

“于书记说不用大家帮忙，你们还能真信呢，他那是怕中午吃他新合村的饭呢。于书记知道大家各自负责的堤段都很忙，我们大家既然听从防汛指挥部的指令，来了，既来之，则安之。扛完沙袋，高低得喝完羊汤才能回去，大家喝不喝？”郑波接着陈书记的话说道。

“喝！”大家齐刷刷地回答。

“各村带队的跟我来，每个村分段 60 米，新合村 140 米。看谁先把任务段干完，于书记中午杀羊，大家喝碗羊汤再走。”

靠山村、龙西村、向前村、古城村……郑波挨个布置完任务，堤上就剩镇干部原地站着，你瞅我，我瞅你，眼珠子转，腿不动。

郑波率先跳进齐腰深的水里，陈书记随后也跳了进去："这妇联主席郑波都下水了，咱们这些老爷们还瞅啥呢？"镇干部一看女同志都下水了，都扑通扑通地跳进去。

没到两个小时，防汛草就不够了，原来准备的两车都是虚飘飘的，没压实，几下就瘪了，得赶紧到村里去买稻草捆。

陈书记对于胜青说："你赶紧去附近村里买两车防汛草。"于胜青头一低："我们出来防汛兜里没有钱，要不我去赊两车，实际上树枝和木杆一样护坡，都顶用。"

郑波把衣服上的水拧拧，从兜里掏出钱塞到于胜青手里，于胜青满脸通红地接过钱转身就到丁家围子买了十多车的稻草，稻草上面压上树枝子，在坝脚密实地挡着风浪。这两百多人没歇气一直干到中午，汛情趋于缓解，风小了，大伙擦擦汗，坐在堤坝上歇着，总算喘了一口气，民兵连连长郭大凤让于书记回去置办伙食去了，这时有人开着一个没有牌照的吉普车拉了一车的面包和水送到堤坝上，张罗大伙儿垫垫底，远处泵站羊的叫唤声时不时地传来，都等着喝羊汤呢。刚过 12 点，两大锅羊汤被端了过来，两碗羊汤下肚，肚里有食了，嘴上就开起玩笑了，畜牧站站长赵明军胳膊肘捅于胜青腰眼："这几天你没去看你妹子啊？"于胜青抹抹嘴说："这些日子我都长在坝上了，没时间啊。"正说着，于胜青的传呼机嘀嘀响了两声，赵明军笑着说："说曹操曹操到了，真是你妹子。"他赶紧掏出手机回话，堤上手机信号时断时续的，他边走边看哪的信号好，于胜青一抬头瞅见了站在眼前的陈书记，吓得连忙说："好了，领导都在这呢，我撂电话了。"说完赶忙撤回来，他那紧张兮兮的样子逗得在场的人哄堂大笑。

下午，县委书记田凤春从县城赶到新合村堤段，看了一下沙基坝，叮嘱陈书记要日夜看护，加固草笼。镇党委副书记许凤生和陈书记一样奋战两天一宿了，眼看着水呼呼上涨，心情有点急躁，许凤生跑到田书记面前说："这水也太大了，铁路上下落差有一两米，能不能和铁路商量商量，把铁路给它炸断，水就下去了。田书记瞪他："你这个人挺能干，就是说话不经过大脑考虑考虑啊？那个铁路是咱们家的吗？能说拆就拆，说炸就炸吗，那得请示铁道部！"说的许凤生连连点头。

田书记说别想这炸不炸的事，赶紧和我一起巡堤。陈书记给许凤生使了个眼色，许凤生快步跟上，大家一起顺着堤坝检查，田书记发现还有一个女同志在水中干活儿，指着女同志问陈书记："在水里干活儿的那个人是谁呀？"

陈书记说是镇妇联主席郑波。田书记说："你们新站镇没男同志了吗？咋能让女同志下水防汛呢。"陈书记无奈，"我不让她来，她非要来，是咱们老郑书记的大女儿，这还有后备军呢，镇里还有十多个女同志在搞后勤，现在嚷嚷也要上堤防汛。"旁边的于胜青怪声怪气："郑主席是好样的，比一般男的都有胆子，但是自古都说防汛不能让女人下水干活儿，她一个女人下水了我们的堤坝能防住了？"

田书记转过身对陈立敏说:“你把每一个支部书记都钉在堤段上,一步不能挪。能不能防汛,和女同志下水有什么关系?你咋不说得罪龙王了呢?都什么时候还讲封建迷信。今晚要是开了口子,我就要拿你是问!”

从早上5点到下午5点多钟,郑波除了中午吃饭她没再有上过岸,跟男同志一样打桩固堤,摆沙袋。陈书记让她上岸歇会儿,她说:“您不也没歇着吗?”新合村驻堤农民李三说:“当干部的如果都像郑波这么拼命,咱老百姓还能在那里瞅着不干吗?”这次抢险被肇源人称作“七七”事件,吹响了1998年肇源县防大汛抗大洪的号角。

晚8点,新合村段险情排除,剩下就是巡堤和草笼维护了。前来支援的各村抢险队队员和镇干部陆续撤离,陈书记叮嘱于胜青亲自带班,24小时值守不能离岗,如有险情第一时间向镇里汇报。

◎ 铁路上紧急救援

肇源县电视台连续滚动播出《中共肇源县委、肇源县人民政府关于全县进入抗洪紧急状态动员令》:

当前,我县抗洪已进入非常时期,形势十分严峻。嫩江第三号洪峰已在嫩江上游形成,预计洪峰进入江桥水文站秒流量将达到15,000立方米;进入我县立陡山段将超过每秒13,500立方米,最高水位将达134.05米,比有记载以来最高水位高 0.74 米，是有史以来的特大洪水。

“咔嚓”一声沉闷的炸雷，狂风、急雨拍打着窗棂，播音员的声音骤然弱了十几分贝：“县委、县政府决定，从即日起，全县进入抗洪抢险紧急状态，启动应急一级响应，县域内凡是防汛所需的车辆、船只、树木、土地等不论集体所有，还是个人所有，都要无代价、无条件听从指挥，服从命令。”

一道闪电划过漆黑的夜空，一连串的雷声在江畔小城上空炸响，窗棂发出“呜呜”的声音。肇源的人民盯着电视屏幕：要求各级组织、共产党员、共青团员、领导干部、广大人民群众、要积极响应县委、县政府的号召，立即行动起来，紧密团结在县委、县政府周围，用实际行动保卫家园，争取抗洪斗争的全面胜利。

县河道管理处通讯股股长何士华坐在无线电台前呼叫完毕，马上用复写纸抄出即时水情报表，交到隔壁领导们的手中。报表的数字时时变化，这似乎更进一步验证了省防总预报的准确性。窗外喧嚣的雨声催迫的人心不安。

县委书记田凤春来到何士华的电台前说道：“老何，请你呼叫一遍咱县境内所有的水文站，让各乡镇的党委书记汇报一下情况。”

半个小时后，根据汇报汇总，肇源境内松嫩两江全线情况明了，各乡镇党委书记对乡域内汛情了然于胸，在风雨之夜和田书记一样靠前指挥。肇源的干部是好样的，有几处险段的形势很不乐观：新站镇官家亮子、浩德铁路上新开口和新站镇的胖头泡。

刚刚在新合村抢险干了一天半宿的新站镇党委书记陈立敏，在镇防汛指挥部看到县里发布的全县防汛进入紧急状态的通告，脑袋“嗡”的一声，扑棱一下从沙发上站起来，给镇政府秘书陈绍辉打传呼，让他马上回话。

陈书记抬头望了一眼天空，星星和月亮被乌云遮得不见踪影，风一阵比一阵紧，远处天空“咔咔咔”闪电不断，看来又是一场大雨即将到来。

不到两分钟，陈秘书电话就回过来了。陈书记让陈秘书马上通知党委成员来胖头泡临时防汛指挥部，召开防汛专题党委会，之后召开各村支部书记抗洪紧急会议，这两个会间隔一个小时。陈绍辉小声提示陈书记：“领导，今天是周末，现在快到晚上 9 点了，外面马上要下大雨，防汛指挥部那么远，路还不好走，我看最好明天周一上班再开会。”

“你知道有啥急事啊，跟着瞎掺和？马上打电话通知 10 点开党委会，让水利站全体成员都来参会。”陈书记不耐烦地大声喊着。

陈立敏中等个头偏瘦，皮肤被晒得黝黑，精力充沛，忙个通宵，第二天一点儿看不出疲惫。眼睛不大，薄眼皮，嘴唇常抿着。五十多岁的陈立敏的工作经历大部分都在乡镇，来新站镇前也在乡镇工作，对农村的事儿再熟悉不过了。

他每到一处不论从事什么工作，都兢兢业业，给他啥工作，领导都放心，没私心，老百姓的难处解决了不少，能干实事，在群众眼里属于为民请命型的领导。

9 点 50 分，即将要被提拔副科级的组织委员李曙光和水利站长王世成等四人先到了，之后是党委副书记许凤生、韩凤海和妇联主席郑波到了。10 点整，只差镇长王玉辅一人没到，陈书记让陈绍辉给王镇长打电话，电话通了，却始终没人接听。陈书记刚说不等王镇长先开会了，王镇长推门进屋径直坐在陈书记左边。陈书记说："上午，县委召开了全县防汛紧急会议，今晚已经启动防汛一级应急响应了，这是县里最高级别的应急响应，只有在发生大地震、大洪水、大台风等特大灾害时才能启动，据水文部门预测，今年嫩江将出现三百年不遇的特大洪水……"

"轰隆隆"雷声一阵接着一阵，风雨也一阵紧似一阵，雨点砸的窗户玻璃"喀喀喀"地响。大家这个时候觉得今年的汛情和往年不太一样。陈绍辉递给陈书记一封浩德乡新开口段防汛干部送来的求助信：浩德乡铁路北堤段由于江水水位太高，铁路线过往列车震动强烈，管涌、渗水、脱坡严重，部分堤段水位已与堤顶持平，十万水急，请求新站镇带一万条防汛编织袋，派 50 人前来支援。陈书记看完求助信，自言自语道："看来是太危急了，都用上'十万水急'了，兄弟乡镇的事，我们必须上。"

陈书记："通知先进、新路、靠山三个村，每个村出 20 人，今晚我带这 60 人去支援浩德乡铁路北段抗洪抢险。"

第二个阶段会议 17 个村书记一起参会，陈书记首先通报了今日汛情：我县老龙口水位 132.66 米，比昨日上涨 12 厘米，超警戒水位 148 厘米，超堤脚高程 354 厘米。铁路北水位 132.47 米，比昨日上涨 14 厘米，超警戒水位 188 厘米，超堤脚高程 286 厘米。参会人员只是觉得涨水了，没寻思涨得这样快，听到这串数字，都愣了，不约而同地“啊”了一声，震惊的情绪开始蔓延。

陈书记接着和大家分析汛情：“据水文专家预测，我镇境内的农场和铁路上水位明天都会上涨十几厘米到二十几厘米。目前很多堤段水位与堤顶只差 10 厘米到 20 厘米，明早部分堤段水位将与堤顶持平，我们要连夜发动群众，冒雨上堤抢筑子堤，与洪水赛跑，必须赢，我们新站人没有退路。”

陈书记介于当前形势并在县委田书记指示后，布置以下工作：第一，工作重心以防汛为主，由党委副书记许凤生全面统筹全镇农业生产及防汛工作；第二，民兵迅速组建抗洪抢险突击队，由武装部部长包维一负责防汛段检查督察工作；第三，抓好普九村校舍安全及其他工作。

人员分工：陈书记负责全镇工作侧重防汛前线，任前线总指挥，重点把控胖头泡国堤段；王镇长负责全镇各项税收征管和后勤工作，调配后勤物资；武装部部长包维一及其民兵组织负责抢险；韩凤海负责各个站所及其防汛保供。每个村组织 50 人的民兵抢险突击队，镇武装部在请示县人民武装部后调动全镇民兵成立民兵抗洪抢险突击营，由武装部部长包维一负责。每个村为独立连，指挥部设在堤防站，各连队设在所在村责任段，并且沿各堤段插上印有自己名号的红旗，堤在人在。各村书记和包村领导立即连夜赶赴所包堤段，深入一线指挥抗洪抢险工作。

陈书记最后说，这就是“沧海横流方显英雄本色，风高浪急，更见砥柱中流”。会议刚散，陈书记马上摸出药瓶，太阳穴蹦蹦地跳着，顺带着右侧的眼睛疼，他知道脑梗病又找上他了。

陈书记带着60人的抢险队在狂风暴雨中支援浩德乡铁路堤段，天就像无边无际的水帘，怎么走都走不出去，队员们个个被浇得湿透，车陷进去了，人推车，30公里的路走了一夜，终于在天亮之前赶到险段。大堤迎水坡多处脱坡，陷壳的地方有一米来深，新站和浩德的人员合二为一，带着这片土地上最朴素的情感纷纷抢先跳入最危险堤段的江水里，捍桩码袋压草笼，防浪护坡，脱坡的堤面重新压上了草笼，陷壳的地方填进了沙袋，被压得结结实实。

抢险结束后，浩德乡党委书记张明忠握住陈立敏书记的手连声道谢，陈书记说：“明忠你太客气了，这是啥节骨眼啊，咱们是唇亡齿寒啊。帮你们防汛也是在帮我们自己，如果新开口这里溃堤了，我们靠山村四千多亩庄稼就得喂鱼啊。”

张明忠摇着陈立敏的胳膊说：“这里一旦溃堤，洪水必然冲毁铁路，咱们县的铁路运输就断了，更可怕的是洪水漫过铁路，南部地势比咱们这低两米多，这水要是没遮没挡的，整个肇源县城和油田将不堪设想。”两个人都不说话，脸上的神情愈发沉重。

前来支援的民意乡乡长王伟写了一首七律：

七律·98抢险

暴雨狂风浊浪叫，
排山倒海草笼叨。
披星戴月连轴转，
垒袋捍桩恶浪消。
百年洪水生千尺，
万米长堤镇九霄。
声声号角震天响，
猎猎队旗坝上飘。

◎ 二嘎子拼命堵口

靠山村国堤防汛值班工作相对轻松，二嘎子主动要求去江堤防汛，第二天就走马上任驻堤防汛。每天住在防汛窝棚里，一天三个饱一个倒，已经防了半个月的汛情，却没见着一滴水，洗个澡还得跑十多里外的四合村江边去。

二嘎子姓王，名梦东。他的脸黝黑黝黑的，身上穿的衣服总是皱巴巴的，卷起的裤脚一个高一个低……家住铁路北的靠山村，在靠山村都知道他的外号叫“王二嘎子”。他在村里去别人家帮工时号子喊得最响，力出的最少，最能忽悠的是他，真出力干活儿就是“假大棒子”。屯里谁家有个大事小情的，操办红白事的前几天就到场帮忙张罗，混吃混喝最后还不随礼。用他自己的话说：“让我出人行，花钱那我可舍不得，这辈子就心疼钱。”

已经在坝上待了半个多月始终没见到水的二嘎子，7月6日那天傍晚，偷偷从铁路北段防汛窝棚走了十多里路溜回家。在堤上住的这段时间，每天只有一个任务，应付巡堤检查，这段时间坝下没有水，只有高高的玉米和高粱。

天刚擦黑，二嘎子鬼头鬼脑地溜回家，盘腿坐在炕上边嗑瓜子边看电视连续剧。这时有人敲门，是堤上防汛段派人来找二嘎子，嫩江一号洪峰把官家亮子水泥坝冲开了，让他马上回堤抗洪。

二嘎子眼睛都直了，嘴巴一直张着，水稻插完秧那会儿，嫩江都干旱断流了，前段时间小稻苗都快旱死了，这才几天工夫，江水就快要冒漾了，这也太快了吧？这真应了那句老话：春天晒江底，秋天淹屋脊。

二嘎子边下地穿鞋边琢磨着，今年晴天多，没怎么下雨，水会这么大吗，哪来的水呢？一旦嫩江开了口子，我这祖祖辈辈留下的三间大土房和那45亩绿油油的稻田可就全都报废了……

二嘎子慌里慌张地刚走出家门，让媳妇给喊了回来，把一个锈迹斑斑的铜钱挂在二嘎脖子上说：“这是你家老祖宗留下的传家宝，有了它，会保你会平平安安的。”

那天水不知从哪冒出来的，唰唰地涨，几个小时就把地里的玉米高粱全淹没影了。

二嘎子从7月6日夜里回到堤上，就是查鼠洞、穿堤结构物，排险消险。这二十多天水到坝脚就站住了，不涨不退，二嘎子天天看着洪水，心里没底，晚上刮风他不敢在窝棚里住，坐在坝上一熬就是一宿。8月3日嫩江二号洪峰到了，晚9点，突然“咔嚓咔嚓”几声雷响，像要把天炸漏一样，大雨瓢泼。

二嘎子驻堤的靠山村国堤像一条受伤的巨蟒，在水中痛苦地呻吟着，经过长时间浸泡的大堤，在江水压迫下，出现脱坡、渗透、管涌，村民们都在堤上抗洪抢险，累得话都懒得说了，谁得空就做口吃的，没到三天就吃不饱了，菜都烂了，圆葱的芽子蹿出来了，村民扛沙袋垒沙袋，一开始每天能吃一顿饱饭，后来两天能吃上一顿饱饭，抗洪抢险是重体力活儿，没几天都熬不住了，民兵连连长陈万春回村上把看屋的老吴头拉到了坝上，好歹是有人做饭了。

半天光景，水位涨了50厘米，这几天西南风刮得挺硬，水借风势，塌方一天天严重，没来水时值班挺滋润，水突然来了，可把二嘎子累坏了，白天干，晚上干，没歇着的时候，饭吃的还不及时，衣服贴在身上湿冷，困倦得受不了。

二嘎子心想：本想弄个看坝的轻巧活儿，要是早知道看坝这么累，打死也不能来啊。

二嘎子找村干部要求换人，自己要回家待着，可村干部说：“没水时你张罗来看坝，这水上来了你还要撤回去？这抗洪抢险还干不过来呢，上哪里找人替你，你先顶着吧。”

二嘎子要困死了。他能不困吗？白天装袋子垒袋子，夜里巡堤护坝，腿累直了，胳膊回不过弯，脑袋也是混浆浆的。二十多天的劳累，二嘎子屁股刚挨窝棚地儿，就排山倒海地打起呼噜来。

“起来——起来——快起来！”韩风海连推带搡，声都变了。

“这半夜三更的你要干啥呀？我都困死了！”

“开口子了！”

“啊？”二嘎子听到“开口子”三个字，扑腾一下就跳起来了。

“哪开口子了？”

开口处是铁路北地势较高的堤段，镇里抗洪主力都调到十里之外的胖头泡，迎战第二号洪峰去了。这里只有几人留守，虽然开口只有一两米宽，但抢险力量严重不足，情况十分危急。

二嘎子得知是外村堤段出了险情，便磨磨蹭蹭地嘟囔着：

“都走了，那咱们自己的堤段谁管？”

“都什么时候了？还咱们咱们的！”韩风海扛起一捆袋子连头都没回扔下一句，“别磨蹭，拿捆铁线，赶紧的！”

二嘎子心想：这水今天要是堵不住了，口子开了，不得把他这个不会水的旱鸭子活活淹死吗？他装了大半袋子矿泉水空瓶系在了腰间。

开口处大坝是个胳膊肘子弯，下面是一片积水的葱地。韩风海着急赶路，就抄近道穿葱地直奔开口处。二嘎子怕韩风海收拾他，顺着大坝一溜小跑，追到开口子的大坝也没见着韩风海，只见镇堤防站站长林继合，还有食堂做饭的于维川师傅在装袋子。

他问："韩凤海呢？"

林站长说："没来呀。"

"不能啊，我俩是前后脚出来的，这人走到哪去了？"二嘎子急的满地转圈。"二嘎子，快过来把我拽上去。"在开口子堤段下面传来韩凤海的喊声，原来他虽然蹚水抄近道，靠近时发现坝下沟内水深，想游过来却被湍急的水流冲着在水中打旋，仗着熟悉水性，在里头强撑着，二嘎子听见韩凤海的声音，把铁线在树上绕了两圈就往水里甩，天黑看不准，铁线进水就沉底，他把编织袋绑成绳抛出，即在水上漂着打转，离韩凤海四五米，就是抓不住，眼看韩凤海快支持不住了，二嘎子急得直跺脚，脚下一滑扑通掉进水里，脚没够着底，二嘎子心也没底了，人全沉到水里，刚喊救命，一口水把他呛蒙了，他手刨脚蹬地乱扑腾，手里的铁线没撒手，不一会儿脑袋露出来了，腰上装的空矿泉水瓶的袋子就像有人在水里驮着他一样浮出水面。

这时林站长冲他喊："二嘎子你个屎蛋包，抓住绳子顺着我的劲往上来啊！"

二嘎子吐了两口水喊："别拽我，快拿杆子往我这边送，我好救韩书记，救韩书记……"

林站长掐住木杆的头，二嘎子借着木杆的力，他终于扑腾到韩凤海身边，他俩拽着绳子一前一后地爬上岸，这时二嘎子站不起来了，开始咳嗽，吐出好几口水，上岸时于师傅拍着二嘎子肩膀说："没看出来啊，你小子到节骨眼还真有两下子！”

这口气换上来他俩就开始堵口子，于维川往他俩肩上摞沙袋。虽说坝上开的口子不大，可落差大水流急，堵上几个沙袋，没等人转身就冲下去了。这个口子要是堵不住，大坝塌方那就是溃坝了，可眼下只有他们四人，眼瞅着两米宽的口子汩汩地冒水，急死个人。这时，林站长跳进水里，于师傅也跳进来了，用身体降低水流的速度，二嘎子往他俩身边垒沙袋，一袋、两袋……一排袋子垒了起来，水流声小了，大家不敢松懈，赶紧在水口子旁边备沙袋，谁知道啥时候水流会变大啊。林站长和于师傅在水里死死按住袋子，边接袋子边用铁线拴在木桩上，这次两排袋子一起往上摞，连在一起的袋子冲不走了，摞上的袋子被水流冲得下沉快，还剩半米高就能把口子封死，四个人恨不得能多长几只手，扛过来的沙袋用没了，韩凤海和二嘎子要先去子堤装沙袋，林站长和于师傅在迎水面摆沙袋，眼瞅着洪水汩汩地往下淌，土块子哗啦哗啦地往下掉，林站长呼地站了起来，直接坐到水口子里，他的身体成了一堵墙，水从林站长身后、头顶涌过来，他用手抹把脸，屏住气迎接下一回的冲击，见状，于师傅也跟着坐了上去。

子堤已经开始出现塌方，水口子下面冲出的大沟越来越深，越来越宽，听到塌方的土块砸进水里嘭嘭响，他们的心揪在一起，随时都有可能溃堤。

他俩还没走出多远，二嘎子边回头边说：“这儿随时都有可能塌下去，袋子都用完了，我们还是撤到安全地带等救援部队吧。”

韩凤海拽住二嘎子：“还求啥沙袋，人就是沙袋！咱俩就是救援部队了，林站长和于师傅能用身体在堵口子，咱俩也能！”

他拽着二嘎子往回走，到口子这就跳了进去。水流声小了，水堵在喉结那，风一吹，水就往嘴里灌。堤外滔滔洪水翻卷带来的凉气，劈头盖脸扑向他们。他们大半个身子扎在水里，8月的水跟冰窟一样凉的钻心。

二嘎子坐在水里看着脚下塌方不断的大坑，战战兢兢地问：“如果能活着回去，我能加入中国共产党吗？”

韩凤海：“我做你的入党介绍人，以我二十年的党龄推荐你入党。二嘎子，守住大坝就保住了咱们的房子和口粮田，家就还在，今天老天爷让我们赶上了，就跟洪水干到底，看谁先㞞！”

塌方声听的人心惊肉跳，二嘎子上下牙打得嘎嘣嘎嘣直响，不知道是冷的还是吓的。

林站长说：“冷啦？”

二嘎子说：“我……我……不冷，你们能扛住，我也能。”

身上越来越冷，嘴里呼出的气都不热乎了。林站长说我们唱歌吧。林站长起头唱《咱当兵的人》，四个人嗷嗷喊起来。几个人听不出是唱还是哭，那声音伴随着江水在呼喊！大家正喊得来劲，突然二嘎子喊：“别唱了，都别唱了，你们听！”

“保卫家园，人在堤在！”的口号声由远而近顺着江风飘过来，越来越响亮……

原来是县民兵预备役突击队接到指令，组织200人前来支援，水里的四个人抱成一团，爬上岸，咧着大嘴哭着，分不出谁的眼泪了，就着洪水蹭在衣服上，预备役拿出随身带的面包，他们连连摆手，直接参与抢险堵口，直到两个小时后口子封堵完成。

水位越来越高，狂风一阵紧似一阵，地里的庄稼一天比一天接近秋收，老人拄着拐杖站在院里遥望国堤的方向，群众的心都慌了。在高水位的长期浸泡下，大堤是处处有险情，时时有险情，脱坡、渗透、陷壳、管涌，堤上的抗洪抢险突击队以险为令，迅速排除，把险情及时控制住。

◎ 新开口谎报汛情

从7月7日新合村堤段抢险之后，到8月中旬40多天里，各村段都出现了渗水、脱坡，堤坝上的泥得有半尺深了。刚开始，王玉辅镇长坐的213吉普车夜间巡堤还能开，后来没走出50米就陷进泥里动弹不得了，接着包维一和周凤友骑摩托车巡堤，现在是摩托车也下岗了，他们就拄树杈子沿着万米的国堤天天夜里巡一趟。边走边用大喇叭提醒各村指挥部值班的人不能睡觉。1998年，天公也不知道怎么了，瓢泼的大雨跟天漏了似的，风能把房顶掀下来，一年下了两年的雨量，防汛的村民惊叹这是啥年头啊。

晚上，包维一和周风友拄树杈子走在铁路北段上，眼瞅着云彩就跟锅里水开了似的直翻花，越翻越厚，越厚越黑，黑压压的像山似的就朝他俩头顶飘来了，风也加劲了，他俩一个趔趄就被卷到堤下了。黄豆粒大的雨点子砸在身上，像针扎似的，这些农民抢险队队员，严守自己负责的堤段，蹲在护坡草捆边，头上盖着一块儿塑料布，有的把防汛编织袋剪出三个窟窿，脑袋和两个胳膊露在外面，整个身子雨水浇不着，在大堤上蜷缩着，守护着身下几十米的草笼。新站镇的堤防战线上 1000 名的抗洪抢险队队员，用他们的单薄的血肉之躯在守护着家园。

有一天又是风雨交加，狂风裹着暴雨，人根本不能从防汛窝棚出去。包维一突然接到党委副书记许凤生电话，说新路村段脱坡严重，再没有人员增援就有溃堤危险。包维一和周风友正在检查各村防汛指挥部值班在岗情况，急忙冒雨前往新开口的新路村堤段。

新路村只有民兵连连长赵印学在堤坝上，帐篷被风吹的向东边歪，看不出哪里有险情，包维一质问赵印学："孙书记哪去了？这里哪来的险情？哪里要溃堤啊？"

赵印学不吱声，不抬头，包维一正要追问，这时刮起大旋风，帐篷一下子就鼓起来了，他们几个紧紧地拽住帐篷，帐篷越鼓越大，一会儿大家就按不住了，帐篷翻两个跟头就落在堤外的水上了。包维一急眼了："你抓紧把村书记孙占学给我从家里找回来，许凤生书记马上就到了，你们谎报军情看许书记怎么收拾你们！"

赵印学扭头，朝着南边儿的三分场的方向跑去。包维一朝赵印学喊："你不往北走，上南边干啥去？"

赵印学不听包维一怎么喊，就是顺着大坝往南跑。不大一会儿，孙占学和南湖三分场的钱科长沿着堤坝摇摇晃晃地走回来。包维一见状大怒："在这样大水面前，你们还敢出去随便喝酒，说是有险情，险情在哪呢，谎报军情你还要不要脸了？"孙占学是一个老书记，听到包维一的话，脸上挂不住了，借着酒劲说："喝点酒咋的啦？险情非得是坝开呀？这风呼呼的，我这不在段上，老赵没经过这大风，怕坝开了淹着地，请你们领导过来压压阵，咋了？犯啥毛病，你在这磨磨叽叽的，有那工夫干点啥不好。"包维一气得抡起手里的树杈子，周凤友和钱科长见状赶紧把两人拉开。

◎ 新合靠山寻界桩

新合村防汛国堤段东面紧挨着靠山村，和靠山村接壤的是新合村一队，队长叫崔佩，头脑灵活，有经验还好学，掌握很多年轻人都说不上来的新名词，懂规矩还认真。

两村交界的东侧是靠山排水站，有座穿堤结构物，靠山这段离镇里远，巡堤检查很少到过这里。

新路村谎报汛情之后，陈立敏书记就去每个村走一遍，他知道这些村书记主意正，都是撞南墙后才知道疼的主，当面要求各村书记、民兵连连长必须 24 小时在堤上值守，啥理由都不许离岗。靠山村书记佟广发带领村民对本村堤段上土、护坡，活儿干的严丝合缝，新合村书记于胜青也组织村民坝上备土，按照每个断面 4 立方米的标准备土。这两村就开始比赛，热情一个比一个高，看谁备的多，十多天下来，新合村的土龙明显高于靠山村。包维一在巡堤时发现新合村与靠山村交界处有近百米长堤段没有备土，露着光地呢，找到新合村书记于胜青问为啥这段上没备土，于胜青说那是靠山村的段，我们自己还干不过来呢，可没那闲工夫支援他们。

包维一找到靠山村书记佟广发问西侧那一百米为啥不上土，佟广发说那是新合段，我们凭啥给他们段上土呢?

这两头都说不进去话，有人值守的地方都陷壳、塌方呢，这倒成两不管的地界了，包维一马上向陈书记汇报，陈书记来到堤段，两头的土龙又长又宽，就把这一百来米甩了出来，这段国堤没人管还不汇报，要不是包维一看见，还不定瞒到啥时候呢。陈书记瞪着站在他两侧的支部书记："来来来，我今天就给你俩断断这公案。"

在新合村边界处，崔佩说两村边界有个界桩，在坝坡上埋着呢。坝上的杂草长的已经没过小腿了，这两个村的人拿树杈子扒拉草，躬身往前找，看着他们"扫地雷"的样子，陈书记就气不打一处来，往靠山村方向 10 米的地方还真找着一块 30 厘米高的石桩子，上面一个字没有，靠山村不认账，说他们也有界桩，这伙人又继续找，在靠山村与新合村接壤处新合村方向 20 米处也找到界桩。还剩 70 米堤坝属真空地带，陈书记看俩支部书记，这俩人都扭过头，没理他这茬。陈书记和这两个村书记急眼了："你们真行啊，能自己定界了，人家都是跑马圈地，你们这是把地往外推，胳膊肘往外拐啊，包维一马上重新丈量新合村和靠山村防汛段，多余部分两个村均摊，这回公平吧，封疆大吏们。"话音没落，陈书记转身就走了，

包维一和周凤友带着米绳对两个村堤段进行重新丈量，结果多出 72 米，当场把这多出来的 72 米国堤一分为二，靠山新合每个村各 36 米，新合村防汛段由原来的 800 米调整为 836 米，靠山村防汛段由原来的 900 米调整为 936 米，包维一边卷米绳边说："上土吧，两位老哥。"这俩书记木愣愣地杵着。

◎ 水淹防汛指挥部

江水天天涨，时时涨。包维一在坡段上插了一根木棍，离水一米远，不到一天光景，水就挨着这根木棍了，包维一没敢言语。在没风没浪的时候，能看出来水涨了多少，刮风起浪的天，江水的水位不稳，都看不清水涨了多少，就觉得江风凉飕飕的，身上都凉。县委动员县直各单位派人到各险工弱段任包扶责任人，他们和堤上的群众一起并肩作战。过来包段的领导都不咋吱声，刚来就让他们指挥堤上的村书记和民兵连连长，他们听不明白领导让他们干啥，也不好意思

问，还照老路子走。领导们吃住在堤上不方便，也不能住帐篷，就来回跑通勤。陈书记在防汛指挥部统一给他们安排饭菜，一菜一饭。一开始还有点儿小葱蘸酱，后来防汛越来越紧张，小葱蘸酱也没有了，顿顿是炖鱼和大米饭。江水炖江鱼鲜，收拾完的鱼，直接扔大锅里，撒上几把盐，鱼汤泡米饭，吃不到鱼，就是泡点儿汤也香。

第三次洪峰的触角悄然地伸进胖头泡，江风刮起了。镇防汛指挥部设在镇堤防站，陈书记上县里开调度会去了，临走时嘱咐包维一照看，堤防站林站长说啥事都得从三十年前他当兵时说起，眼前的事他不爱听，更不爱干，上级的指示调度到他这得打二八折。当包维一把水情的紧急命令传给他，要求他在堤防站四周上土，林站长拿着茶缸盖撇着漂上来的茶叶说："你们这些人连枪都没开过，可倒是成天把紧急当嘴垫呢。"

包维一手里有一张军用地图，手绘的，那张图上有地理位置、海拔高程和等高线，他端详着这张地图，判断堤防站必上水。现在堤防站周围就摆了三层沙袋，堤防站上水防洪指挥部就被淹了，得提前用推土机筑坝把它围起来。包维一没有办法只好找到水利站站长王世成，他赶紧调过来推土机筑起一条小坝，计划明天早上调人垒个二道坝，没承想当天晚上水就上来了，这条小坝没有来得及碾压，水一冲就成了筛子眼，一米多高的大洪水，呼呼地冲进指挥部了，林站长端着茶缸子看傻了，包维一拽他他才知道挪步。

包维一和前来支援的周凤友说："指挥部进水了，人员都在各自的包段上，人员没事，但是指挥部的这面红旗不能倒啊，各村还看着我们呢。抢险大队的红旗不能倒啊。”

周凤友顺着梯子就把红旗扛了下来，四处看哪里合适插红旗，到处乌泱泱的水，包维一说：“你就把它绑在搅拌车上，搅拌机重，一时半会儿洪水冲不走。”

周凤友用八号铁线把红旗绑在了防汛指挥部院里的搅拌机上，特意缠了七八道，红旗迎风飘扬。大水涌进指挥部，搭在椅背上的衣服漂了起来，水噌的往窗台上涨。包维一跳进屋里，把电台打开，向松辽委喊话：“新站镇指挥部即将失守，堤防站进水已达一米，这是新站镇堤防站最后一次喊话，我们已经被洪水包围，我们继续坚持抗洪抢险，堤在人在，堤在人在。”下江的指挥部是浩德乡白宝源，上江的指挥部是老龙口义顺乡何喜中，上下两站听到了包维一的喊话，下江浩德乡白宝源拖着哭腔：“收到，收到，浩德乡马上往下一站传达。”上江老龙口的何喜中是包维一同任的武装部部长，包维一管他叫二哥，包维一说：“二哥，我们这里已经被水包围了，马上就不能通话了，请你多保重，水撤我们再聚。”

包维一拔掉电线，背着电台从堤防站的窗户跳了出去。周凤友在窗户边接应他，脚心被一个大铁钉子扎了进去，周凤友闭着眼睛拔了出来，周凤友一瘸一拐，包维一背着电台在大水里推摩托车，每走一步都有千斤重。蹚水走到后边高冈上，包维一对周凤友说：“你脚受伤了，不能在水里泡，感染就麻烦了，你就在冈上等着救援，我把电台搁这里，我看看下边啥情况。”

包维一安顿完周凤友，捡个树枝在前边探路，蹚水又往前走，看看是否还有没来得及撤离的村民。水越涨越高，他摸不准方向了，房子只露出上半截，看不出哪是哪，正在他伸脖子张望时，飘扬的抢险队红旗闯入他的眼帘，这就有方向了。他往指挥部前边的堤上走，那有帐篷，要是有村民，最大可能也是在那。走到堤上才看见帐篷被风刮开了，帆布呼呼的在风里摇晃，一个人影都没看着，包维一下堤往公路方向走，在堤边的小树林里看见了蹲在一起的五六个村民，周围用沙袋圈了起来，这几个人被冻得直哆嗦，包维一喊着村民站起来，往他这边来，一起上公路。村民们顶着编织袋跟在包维一身后，这个队伍往公路上移动，包维一看到一辆车，他离老远就挥手，示意停车，这辆车从包维一身边路过，开得飞快，溅起来的泥水落在他们身上、脸上，包维一觉得比三九天的井水都凉。或许这车里的人真的没有看见向他们求救的包维一。

第二章　玩命人拼命抢险

“巡堤查岗不放松，急难险事往前冲，玩命书记许凤生。”这是镇防汛指挥部食堂于师傅给许凤生编的顺口溜。

◎ 玩命书记许凤生

许凤生，新站镇党委副书记，大高个儿，身材魁梧，白白净净的，一看就是坐办公室的人。平时协助陈书记抓农村工作，新站的农村工作是全市的标兵。不走路的话根本看不出他是位患有多发性脑梗塞、右侧肢体麻木的重病患者，他的病怕潮湿，湿着凉着病情就容易恶化，身边好几个得此病的病人最后都半身瘫痪了。刚开始防汛时，陈书记让他驻守镇里，处理各项业务，替他约好了哈医大的大夫，陈书记自己得过腔梗病，知道这个病多折磨人，早一点治疗就少一分后遗症，谁都没想到，许书记自己和哈尔滨的大夫请假，说忙过这段再去，等陈书记再次联系大夫时，大夫出国进修了，半年后才能回来，气得陈书记说新站镇万米的堤坝咋就能差你许凤生一个人？你三头六臂吗？许书记低着头就是不说话。

7月7日晚，全镇干部和部分民工进驻江堤。第一天累虚脱了，支完防汛窝棚，有的靠着被子就睡着了。

“凤友，你穿好衣服，和我一起去巡堤。”晚上10点半，许凤生悄悄把身边睡觉的周凤友摇醒。凤友扑棱就爬了起来，以为有险情了呢。

“你这一天没消停，赶紧歇歇，你要是不放心堤坝，我和包维一部长去巡堤。”周凤友小声对许书记说。

“别折腾他们了，就咱俩去，这一天光动嘴了，我不累，再说哪有那些觉啊。”许书记边说边往外走。

这俩人拎着电筒、披上雨衣，深一脚浅一脚地踏上长堤。外面风一阵雨一阵，雨衣是傍天虎，隔雨不挡寒，身体里的热气排不出来都圈在雨衣里，汗就把贴身的衣服沤湿了，这衣服湿冷湿冷的，他渐渐感到右边的腿迈步费劲了，走两步他就停下敲敲腿，10080米的长堤他走了四个多小时，走走停停，手里拿着本，一路走一路记，到了凌晨两点多钟，夜风加劲刮起来，雨借风势往人脸上泼似的，江中的开花浪撕咬着大堤，激起的浪花拍在堤面。长堤成泥混混了，巡堤正好结束，凤友扶着他返回窝棚，许书记说：“你看看，老天爷多照顾咱俩，完事了风就大了。”凤友瓮声瓮气地说：“要是老天爷真照顾，就不能发这么大的水了。”

第二天，天刚亮，根据昨晚的巡堤实际情况，许书记分派堤的上百台四轮车和五百多民工，看着人和车奔赴各个堤段，许书记脸上才露出点笑模样，把衣服上的土搓搓，鞋上的泥刮刮。

新站镇负责防护的堤段全部长度10080米，战线长、任务重、险工弱段多，防护难度大。进入汛期，刮风下雨就成了常事，许凤生每天必保巡堤一次，一瘸一拐，包维一心疼他，看不下去要替他，他不放心，巡堤是细致活儿，包维一抢险行，这细活儿他干不了。各村的责任段不能只听他们汇报，得用脚踩踩防护草看压实了没有，得下去堤坝看有没有大浪掏出的陷壳，打捍的木杆被没被风刮倒。跟着他巡堤的干部劝他小心点，许书记拍自己的右腿："放心吧！要你河里死，江里死不了"。

8月3日22时，对于新站镇护堤干部来说是一个黑色的日子。嫩江水位猛涨，江面骤然刮起五六级大风，浪就像铁锤一样砸向新合村堤段，浪回撤时吸走堤脚的沙袋，不到两小时，长堤便出现了近500米的脱坡，水里漂着的沙袋像翻白的鱼肚皮。陈书记正在胖头泡，得知情况后通知许凤生赶紧带领附近的三个村支援。正在巡堤的许凤生放下自制的测量棒，忙打电话通知靠山、燎原、永安三个村赶紧上人抢护自己的堤段，另外每个村再出30个人，半个小时后在新合村堤段会合。人没聚齐，堤上又传来消息，燎原泵站西侧齿墙发生严重弯曲，渗水现象严重。这两处险情他分身乏术，打电话给包维一要求他马上到新合村堤段，许凤生先带领这一百多人跳进江里，浪卷起来的沙子打在脸上，生疼生疼的，新站镇这段的堤坝都是沙基沙坝，浪一冲坝脚不吃劲，木桩跟插到棉花上似的，人得用身体靠住，把它强行地按在坡面，再拿大锤死命地往里钉，才能把木桩固定，然后再贴着木桩垒沙袋，一个木桩捍下来，身上就湿透了，水里干活儿身上有劲使不出来。泵站的险情火急火燎的，包维一来之前，他不能离开这里，这些村民单个拎出来都很善良，但是组成一支队伍出来支援就要有人领着，得把他们的想法统一到全镇人民都是休戚与共的关系上，要不这支队伍没法带。包维一到了，冲着许凤生喊，让他上岸，把身上的外衣脱下来，包维一跳进了水里。

许凤生骑上包维一的摩托就往泵站去，泵站的物资储备充足，陈书记往泵站集结了300人，他边赶路边琢磨怎么调配这些人员。泵站的空地上站了300名民工，还有10台四轮车，编织袋、麻袋成捆的堆在仓库前边，渗水成溜了，哗哗的。齿墙一旦坍塌，洪水将一马平川啊。物资先分出来，编织袋和麻袋穿插用，交叉叠坝，四轮车的司机都是本村人，对羊肠小道都熟悉，土能供应上，他先把人分成三组，装沙袋，扛沙袋的，还有一组人墙的，这组他带队，目标就一个：死保泵站。

他先跳进了齐腰深的水中，民工们紧随其后。江水越来越凉，太阳的热度攒不住。原来护堤的木杆子松了，随水来回晃，幸好下水及时，抱住再按在坡面，防汛草被刮得没剩几片了，堤上用铁叉子往下递防汛草，叉住，水里接住沙袋赶紧垒上。浪太大了，带着蛮劲一次次冲锋，抛进的沙袋和防汛草刚刚垒好，江水就像无形的大手似的一把全部掠走，许凤生和民工们手搂肩膀搭成三层人墙挡在洪水前，组成江水中坚不可摧的人体堤坝。堤上的民工们也纷纷跳下来，用好这段时间差，木杆用铁线拴上，防汛草塞到木杆的缝里，有个村民开四轮车回家把家里头准备盖房子用的石头拉来了一车，一翻斗，一车石头就沉底了，水里的民工搬石头往堤脚上靠，临时打个地基，沙袋压在石头上，压了一层又一层，就怕浪费了这车石头，有村民把家里的铁门卸了下来，说这东西好使，能挡一面。许凤生看的眼泪汪汪，立在江水中的他右侧身体越来越重，就想往右边倒，他知道是怎么回事，这个时刻他得挺住，他是主心骨，拖着右腿靠在木桩上，指挥民工们抢险，他一步也挪不动了，浪打在身上，左边身体能感到疼，右侧啥感觉没有，手指头扣住木桩，强迫自己站着，风雨中 10 个小时过去了，早上 6 点，奔腾了一夜的江水安静了下来，风也小了，一道长 10 米、宽 4 米的护堤筑成了。村民们把许凤生从水里往外抱，右侧的身体硬成一条线，腿伸的直直的，手指甲抠进了木桩的木头缝里，指甲里的血丝丝拉拉。村民们先向镇里汇报了许书记发病情况，然后把他抬进了四轮车里，从防洪一线直接送进了镇卫生院。

陈书记随后赶到医院，和医生了解许凤生的病情，医生说幸亏送来得及时，但恢复的时间会比上次长，最后要去哈市做手术，在这里只能保守治疗。现在新站的交通基本上瘫痪了，上哈市谈何容易？陈书记看着躺在病床上的许凤生，脸都瘦了，皮挂在骨头上，哪里还有白面书生的影子，右手往里弯，陈书记问医生能不能试试中医针灸，医生说咱这有能行针的医生。陈书记："征求下他妻子的意见。"许凤生的妻子拿着一包衣裳来的，对陈书记说："老许一趟家没回，身上的衣裳都成布条子了。"许凤生闭着眼睛，妻子拿起湿毛巾给他擦脸，刚擦了两下，眼泪就止不住了，毛巾黑一道白一道的，她握住他变形的右手。陈书记抹了抹眼角：“咱这有中医，要不给他试试针灸？”许凤生的妻子默默地点点头。

中医的效果真挺好，许凤生的手能松开了，右腿走路也不往外拐了，陈书记和他妻子好说歹说劝他要修养，可他住了 7 天院就要上堤，陈书记急了，明确告诉他半个月之内他别想看见水。不让见水他就组织年纪大的没上堤的村民用机电设备全力排涝，在他的指挥下，经过抢修、安装，一个上午先后开动大小机电泵 135 台套，看着一点点下撤的积水，稻尖微微露出水面，不见水他也能治水。

高春国在群口快板《抗洪英雄谱》中写道：

江水横流见英雄
我表表玩命书记
许凤生
许凤生工作在新站
带病坚守第一线
患有三年脑血栓
眼也邪来嘴也偏
医生叫他去医院
不然就会得偏瘫
许凤生，他不听
哪有险情他就往哪冲
有一次长堤脱坡五百米

他迎着风浪跳进大江里
一干就是八小时
上岸后，他四肢麻木站
都站不起来
玩命书记真玩命
这种精神人称颂

◎ 拼命支书高凤发

人都说江水又苦又咸、胖头泡堤段又惊又险、防汛又累又难，50 岁的新站镇向前村党支部书记高凤发是真佩服总结出这句话的人。

向前村国堤段是 561 米，离胖头泡不到 500 米，三面吃风浪，站在堤上没着没落的。村里的年轻人在家的少，都在外打工，早些年有几个在外地包工程站住脚的，年轻人都奔他们去了，高凤发召集村里的党员，召开了村委会和党员大会，讲清汛情形势，今年的汛情不同往年，水位天天涨，村里各家旱田多，满山都是苞米高粱，高棵作物多，再挺几个月就能收了，今年的雨水强，就看看能不能挺住这一回了，参会的党员表态，这还有啥商量的，给自己家干活儿，有多大劲使多大劲。

上堤防汛的妇女占了大多数，高凤发让男人们去地里挖土，装车卸在堤上，妇女们装袋，把袋子一层层码好，妇女们干活儿细致，袋口系得死死的，一排排沙袋被码得齐齐整整，就怕水来时沙袋不够用，一大早就来，一来就是一天，饿了就吃带的馒头，垒的沙袋一点不比其他村少。这些人越是能干，高凤发肩上的担子就越重，风里来，雨里去，在长堤上一住就是二十多天。身前是洪水，身后就是口粮田，这道堤就是生命线。

堤坝三面吃风浪，筑坝巡堤任务繁重。巡堤、查险、抢护、排险，说起来简单，可做起来难。为护好堤，不打乱仗，堤上的村民大部分都是没防过大汛的，妇女们胆子小，他得手把手地教这些村民捍桩、捆草、码袋、压草，防汛草不够用，光着脚，蹚水来到大堤后面的泡子里去割苇子，一干就是四五个小时，脚被泡白了，手被划破了，回头一看身后跟了一串人，镰刀声唰唰的，他像只头雁，领着一群小雁在筑巢。

进到8月，堤段就险象环生的，都是沙土坝，无纺布蒙在外层，再码上沙袋，堤身没那么厚实的地方再打进木桩，这561米的大堤，高凤发是用上了绣花功，这段出现险情能调动的男民工没几个，大部分都是妇女，冲锋抢险的难度大，他就未雨绸缪，把功夫用在细微处。8月11日，发现堤段200米的地方渗水了，水流不大，面积不大，一米见方，水就像人出汗似的，擦下去又出现一层水珠，水流开始加劲了，冲出挺远，妇女主任张华扛个沙袋子就堵上了，堤坝那头的危险得排除，高凤发让她领几个年轻的妇女把无纺布揭开，往里塞防汛草，渗水的地方做导渗。二十多米外的大坝二堤脱坡了，土就像凉锅贴的大饼子，噼里啪啦地往下掉，落下来的土把水都搅和混了。水从脱坡处涌出来，汩汩的，高凤发赶紧报告指挥部，这时候已经形成管涌了，一面用手试试管涌的压力，手掌就像被木杆子捅了一下似的，他组织村民挖沟引流，越到这个时候越得稳住阵脚，全村这一千多口人都看他呢，管涌口像大缸底那么大了，水从沟里漫出来哗哗地流淌，扔进去的沙袋连个回声都没有，堤上的妇女们扛起准备好的沙袋，用绳子捆好，五个十个的呼呼地往里扔，她们是下了狠心，高凤发让这些妇女离管涌远点，他领着七八个男人踩着管涌口的边把沟扩大，还是要把水引出来，这时候，包维一带着50名抢险队队员过来支援，看到援军干活有劲，他们心里有底了。这个队伍经验丰富，工具也恰当，大板锹几下子就把水引进沟里，后头的草包袋就跟上了，这可比沙袋管用多了，妇女们把沙袋都搬到援军的手底下，像小山似的，他们这段是守住了，没承想相邻堤段漫堤决口了。决口后，水转了个身紧贴着大坝向他们冲过来，望着守护40多天的大坝，高凤发第一次落泪了……

堤在时驻堤，堤不在转移。他告诫自己：家被淹了，只要是人平安，啥都会有，一千多口人我要给他们安全地领出来。低洼地块有百余多户村民，当务之急要把他们迁移到高冈上，他拄着巡堤时的木棍，挨家动员，村民们有的号啕大哭，有的跟个木头人似的，说啥也听不见，不管是啥样的，都和高凤发迁到了村北头的高冈上。

高春国在群口快板《抗洪英雄谱》中写道：

听我说说向前书记

高凤发

好党员，高凤发

上堤一直没回家

胖头泡，决了口

他才到家瞅一瞅

一看村子变汪洋

没了田，没了房

铁打的汉子流下了泪

洪水呀洪水你可真败类

堤冲断，家重建

组织村民继续干

投入发展修防线

好党员，高凤发

舍了小家顾大家

顾大局，识整体

这样的事例不仅他自己

◎ 风雨同舟新站人

8 月 3 日 22 时，雷声从天空深处滚滚传来，粉色的闪电将夜空割成一块块，暴雨倾盆，冰雹骤下，树枝被浇的抬不起头。南湖渔场坝决口的水顺流而下，和江水汇合一处，眨眼之时，水位就涨了 50 多厘米，顺着大坝翻着筋斗，向新站守护的大堤迎面冲了过来，江水位直线上升，10 厘米、20 厘米、30 厘米，像和时间比速度。

风还刮，雨还下，形势异常严峻。

——胖头泡处近 30 米护堤的草编袋，几乎被浪头冲刷淘尽，堤坝已全部裸露。

——新合段的燎原泵站西侧，齿墙发生严重的漏水现象。

不断上涨的水位反倒让新站镇党委书记陈立敏镇定了，说道："包维一带领抢险组去防胖头泡，韩风海带领保卫组去辽源泵站。"三天三夜没合眼的陈立敏调兵遣将之后，看了看周围，大吼一声："其余的人都跟我来！"

来到堤脚，他第一个跳进了还在涨的江水中，两百多名抢险队队员一个接一个的都跳了下去，摔倒了的马上就被旁边的人拉起来，风浪挥舞着拳头，一下下暴击着江堤，江堤像老人般越发的孱弱，这些下水的人要给老人穿上盔甲，禁得起对抗。刚摆好的防汛草和刚垒好的编织袋，刚离手就被江水掠走了，一个浪头就滑出十多米，有人踉跄地去抓沙袋，钉好的木杆被风浪冲的东倒西歪，几下就松了，浮在江面四处乱闯，撞在人们的头上、脸上、背上，划出了一道道伤痕……

再累也没后退，新站人绝不屈服，附近三个村的抢险队队员集结支援来了，木杆运来了，沙袋扛来了，防汛草背来了，水里的陈书记爽朗的声音传到了堤上："弟兄们，来得正是时候啊。"两股力量拧成一股绳，三层人墙横在了国堤面前，组成有精气神的血肉堤坝。"木杆不够了，上哪拉去？""到我家林地里砍去，来人跟我走！"燎原村的矫基仁，满身泥水地爬上了岸，身后跟着几个一样的身影，半小时后，两百多根苍绿的杨树被手拉肩扛地运来了，碗口粗的。这是家底，把自己的家底晾出来了，一双双大手揉搓着灰色的树皮，里面饱含了村民对党的信任，对守护家园的决心。

杨树的树冠大，整个挡在堤面，给堤坝套上了骨架，往树枝中间塞沙袋，再把沙袋绑在树枝上，结结实实的，人们像干庄稼活儿一样精细，每棵树都服服帖帖地立在堤坝前，离老远就能看到这段绿色的堤坝，卫士一般地护卫着身后的良田。不知是人们顽强的毅力战胜了洪水还是感动了上苍，凌晨4时，雨稀稀拉拉，风刹住了，东方的浓雾渐渐散去。奋战了一夜，陈书记和村民们手拉手地走上了堤坝，望着暂时平静的江面，冻得瑟瑟发抖的人们，脸上挂着的不知是雨水还是激动的泪水，滴答滴答的顺脸流淌着……

8月3日晚，当韩凤海赶到新合段泵站的时候，只见大水已经漫过闸口的木板，倒灌了，黑压压的江水一浪接着一浪向闸口扑来，却不见泵站的负责人王青踪影。

闸口后边不远处有一个小窝棚，王青的父亲在那里捞点儿小鱼小虾的，连看护着闸口儿。情况紧急，韩凤海一时找不到王青，没了办法。这个王青到底跑到哪儿去了？

周凤友对韩凤海说：“王青会不会在他父亲的窝棚里睡觉啊？”周凤友跑过去一看，正好王青头朝里在睡大觉，他上去两脚把王青踹醒喊道：“水都要淹到脖子了，你怎么还睡呢？”王青一骨碌跑在前面。江水不断地涌入，堤上零零散散的民工一袋接一袋装土，把灌好的沙袋向上压紧压实。水压力大，沙袋不成型了。王青看出来情况不妙，正召唤民工们加把劲呢，“轰”的一声，齿墙子垮塌了，水漫过齿墙子就朝人冲来，王青边跑边喊：“完了完了，坝开了，坝开了！”韩凤海没跑，细看，堤坝没开，是抽水站的齿墙子年久失修，着水的一侧大面积垮塌，他喝住奔跑的王青，稳住阵脚，把人往回拢，深更半夜的，大部分民工都在胖头泡，调动机械也不可能了，堤上的这些人就是全部的力量。

看着齿墙子哗哗流淌的渗水，他急眼了，泵站要是毁了，以后排不了涝，这万亩的庄稼就靠天收了啊。

“乡亲们，洪水都到咱家地头了，保卫家园的时候到了”。说完，韩凤海带领民工们跳进了齐腰深的水中，一根根木杆打进去，5000个沙袋垒下去、无纺布铺了一层又一层，每个人都是一团火，发出熊熊的光，彼此鼓励，彼此温暖。

在无情的洪水面前，我们的血肉之躯筑起一道不会溃堤的坝，人与人之间，干部与群众之间，心与心贴得那么近……

◎ 拼命三郎包维一

包维一，蒙古族，新站镇武装部部长。自打参加工作就在乡镇，一路干到武装部部长，乡镇的事都明白，为人正直，豪爽，党性强，有责任心，他一贯看不上那种背后捅刀子的人。风里来，雨里去，身为镇抢险队的“头头”包维一，在长堤上一住就是40多天。面对着汹涌而至的洪水漫到堤顶，防汛经验丰富的他经常和村干部讲：“水火无情啊，绝不能让咱们守护的国堤出现一丁点问题”。向前村主任问他防汛啥时候能结束，他说：“洪水啥时候撤回去我们啥时候结束，堤在人在。”

在胖头泡抢险时，堤坝两侧是水，临江的堤坝西北风、西风和西南风三面吃风浪，筑坝修堤任务异常繁重、严峻。看着一个民工磨磨蹭蹭地抱着一根木杆慢悠悠地走，包维一一脚把他踹到进水里，他心里有数，自己水性好，能把人救上来，这些民工没有组织纪律性，防汛不比别的活儿啊，现在不立规矩，到吃劲的时候能扛得住压力吗？慢鸟得先飞，防汛得严、细、深、实，包维一神经绷得紧紧的。支部书记都有自己的主意，他和陈书记先后召集村书记开会，就为了统一思想，树立起“防大汛，抗大洪”的意识。

40多岁的包维一白天晚上不合眼，满眼通红地盯着堤坝。抢险队队员们实在看不下去就劝他歇一会儿。他急吼吼道：“水歇了，我就歇。”

“你们说防汛时谁最厉害？”包维一为了提振大家士气，在防汛窝棚里问大家。队员们抢先答：“水。”他说：“不对。”队员们说那是土，他说也不对。队员们问那是啥？“是人，是我们这群人。”包维一干脆地回答，脸上美滋滋的。休息时包维一就跟队员们一起唱查险歌：

抗洪不怕险情多，就怕查险走马过。

堤身堤脚两百米，都是诱发险情窝。

老险段上藏新险，涵闸险情是大祸。

及时发现是关键，果断处理安全多。

风雨过后见彩虹，8月9日，已击退了二次嫩江洪峰的胖头泡段再一次迎来了洪峰的侵袭，7级的江风挟着暴雨、裹着巨浪要把整个堤段吞下去。转眼间，五百多米长的堤坝捍桩便出现了十几处缺口。木桩、编织袋、防护草漂满江面，村民们惊呆了，傻站着，不会说话，不会跑了。

“大伙快装沙袋！”包维一大喊一声，便抱着一捆木杆跳进了汹涌咆哮的江水中，他率领着抢险队队员把江面荡动的木杆再一次牢牢地捍在江水中，一面接过从堤上抛下的沙袋护堤，一面指挥战斗，一个小时过去了，两个小时过去了，裸露的堤坝一点点被堵上了。

天公作美，午后风向变了，江风拂面竟是难得的安静，疲惫的包维一躺在子堤的面袋上，往下一伸手，就摸到了冰凉的江水，他在心里想：这光靠子堤能坚持多久呢？水情预报水位还要上涨一两米，这汛可怎么防？咋能不漫堤呢？他在默默地祈祷胖头泡平安度过三号洪峰。

8月13日，包维一正带领抢险队队员处理一处堤坝的渗水险情，不远处的大坝二堤出现了十多米长的堤坝脱坡，浑浊的水流从脱坡的缝隙间流出，包维一急了，已经没土可取了，他带领抢险队队员从1500米以外的农场段扛面袋子堵口子，别人扛一袋，他扛两袋，别人走20分钟，他走

15分钟。

陈书记劝他：“维一啊，你从7月7号上堤都一个多月没回家了，弟妹多次捎信让你回去换洗衣服，今晚你就回去一趟吧？”

包维一：“换啥衣裳，这都啥节骨眼了，不在堤上我这心就没着没落的，放心不下啊。”

被浸泡了一个多月的江堤就像村头的那棵柳树般弱不禁风。可以抗衡的就是人的意志，不放弃的决心，唯有坚持、坚持、再坚持，坚持就是胜利。入夜，劳累了一天的人们都钻进了窝棚里，包维一却拄着木棍一遍一遍地巡视着，巡视着……

◎ 抗洪抢险高中生

开过来几辆大客车，是中学的学生来支援了。这些学生的父母都在堤上防汛，学校的男老师响应教育局的号召去堤上防汛，学校不能正常上课了，学生们得到消息，当天晚上就和带班的校长请战，请求和自己的老师一起去堤上。家都没了，哪里还有学校，他们是写了申请书自愿上堤，血气方刚的学生按下了血指印，在大江大河面前，人信念的力量是无穷大的。上堤之前，他们在寝室抱着衣服坐了一宿，有的学生家被淹没了，几辈子的家庭财产就剩身下的这张铁床，突然的变故让这群十几岁的孩子无所适从。

当时街里的路上空荡荡的，万人空巷，只要是能走动路的都上堤了，无人可派了。校长领着中学生上堤了，几辆客车，载着 200 名学生。学生们激昂的歌声，鼓舞着沿路的人们。这发自肺腑的心声啊，校长的眼泪就没停过，这一路的洪水，掠过车窗涌进孩子们的眼里，孩子们咬住嘴唇，瞪大眼睛，把眼泪憋回去。

到了国堤边上，客车开不动了，学生们跳下车，老师走在最前边，堤坝被水泡软了，踩在堤上直晃悠，学生们手拉手跟在后面，这 200 名学生出现在堤坝上，防汛的村民哭了，这里头有他们的孩子。

学生们在老师的带领下一字排开，开始装沙袋、扛沙袋，用最原始的方式表达着自己最质朴的感情，对这片土地的热爱凝固在一装一扛间。

王波和村民在水里打桩，抬头看堤上咋多了这些年轻人呢，从哪来的啊，村民说是中学的学生来了。王波从水里爬上了岸，他儿子在读高二，五十多天没看见孩子了。他顺着队伍找，一张张稚嫩倔强的脸，看着心直翻个，孩子们的鞋陷进泥里了，拔不出来，索性就光脚。王波看见了自己的儿子正扛着沙袋小跑，他奔过去一把抱住了孩子，高他一头的孩子在他怀里抽泣着，眼泪掉在孩子的头发上，他摩挲着孩子，这是他的心头肉。怎么也想不到爷俩在这遇上了，村民们说："这才是祖一辈，父一辈，子一辈，老王书记当年就是这么干的，到了王波还是这个样。"他鼓励孩子抢活干，带头干，三代人的家园，值得我们流血流汗啊！

第三章　军民情深筑长堤

◎ 抗洪勇士张明才

42 岁的张明才当过 5 年舟桥兵，好水性，战友们都叫他浪里白条。参加辽宁盘锦抗洪抢险时，一个巨浪把他打进十多米深的旋涡里，他愣是一口气拱了上来。张明才在部队当过班长，入伍不到一年就入了党，立过功受过嘉奖。复员后，张明才每年都自告奋勇，上堤防汛。只要有他往堤坝上一站，黑塔一般的，大家心里就踏实。

今年 7 月初，刚进汛期，张明才就看出来今年的水和往年的不一样，他特意上江边看看，江水泛黑，他越看越觉得和当年的盘锦的大水很像，回到家把 6 亩地铲完，把家里暂时用不上的农具、米面油啥的都运到肇州大舅哥家去了，村里人问他咋回事啊，他憨笑着说总觉得今年的水不太平，村里胆子小的学他的样收拾东西，转到外场的亲戚家，胆子大的，嘴还有点不干净地念叨他是王八成精了，管起水的事了。他把家里头安排好，就上堤开始查险。小的险情排除，大的险情就汇报，一段时间下来，前后村堤段的人都认识他了。四合村的村民找到他说村里的排水干线堵了，估计是涵管里头淤泥多了，这个排水线是3米来深，两米长的涵管，一场雨冲一点沙子下来，这一个来月沙子越积越多，排水沟的水都快和巷道拉齐了。张明才潜入水底，拿着铁锹清淤，一铁锹下去挖出点泥，没等端上来就顺水冲没了，铁锹光光的，这该咋办呢，挖一天也白干啊，用挖掘机的话十多分钟就完事了，可村里的挖掘机都去堤上了，就剩老村部里的一台了，履带都生锈了，不知道能不能使。张明才爬上岸，就去村部了，一个多小时就听到“突突突”声了，张明才开着挖掘机来了，他总算知道这台机器为啥趴在村部了，太破了，车门都没了，履带嘎吱吱响，就怕它冷不丁的断了，开到排水线旁边，小心翼翼地把钩头放下去，钩住淤泥了，往里一带，一铲子就把泥清出来了，把铲子移到岸边，啪，一铲子泥就卸下来了。涵管开始有溜了，挖掘机的操纵杆太紧了，没推几下，他的胳膊就酸了，听到水声张明才胳膊就像上了发条似的，使不完的劲，干了半个多小时，岸上的淤泥堆成小山了。衣服跟水洗了似的，全是汗，村里没人会开这台“老爷车”，他得坚持到最后。涵管通了，水线内的积水汩汩地流了出来，全身散架了一般的张明才一屁股坐在了地上，汗跟断线的珠子似的。

8月13日，胖头泡80多米长的堤坝出现大面积渗水、滑坡。消息传来，张明才嘴里嚼着饭和队员们深一脚浅一脚地火速增援，刚到胖头泡离老远就看见码好的沙袋整体往下滑，正在低头码袋的民工竟然被“拖”进了坝下的水塘里。“这样干不行，太危险，必须先捍桩，然后扯拉线。”在场的县水利局王忠智局长当机立断。张明才边往堤跑边脱衣裳：“我来拉线。”只见他纵身一跃，跳进漂满杂草和垃圾的江水里，甩开胳膊，一气游到十几米远的一棵树上，将铁线牢牢拴在了树上，往返扯线，打桩似的抡起锤子砸下去，两个小时过去了，木桩一排排立了起来，一道道的铁线把这排“木头兵”拉成一道屏障。

张明才坐下来，靠在编织袋上喘气，离这 800 多米的向前村责任段有处堤坝出现管涌，水泡越冒越多，越鼓越大，天已擦黑，江风刮起来了。向前村的三位村民在水底摸索了半天也没查找到渗水的地方，赶紧上岸，跑到张明才这求援来了，张明才站起来就和他们跑到了管涌的堤段，还有两位村民在水里摸呢，张明才让他们上来，他长吸一口气，就一头扎进 3 米多深的水中。一分多钟后，他浮出水面。换完气再扎下去，就这样重复了十多次，浪拍在人的小腿上，岸上的人们越看越紧张，半个小时过去了，在水底不知摸索了多少个来回的张明才终于摸到了一个拳头大小的洞，渗孔找到了！张明才要张嘴说话才发现嘴唇哆嗦的说不出来了，太冷了，全身都冻麻了。

管涌止住了，张明才才感觉左脚疼，低头一看小脚趾划了一条口子，从脚指甲到脚趾根，翻出一条肉槽，按住血从手指缝中间挤出来，殷红殷红的，在水中浸泡了一天的张明才这时才嚼了一根凉麻花……

“党员嘛，急难险时就应该冲在前面，得让群众竖大拇指。”一句话道出了这位退伍老兵的胸怀。

◎ 最可爱的人是民兵

民兵预备役前线抢险突击队是由县武装部组织的，由来自全县十几个乡镇的民兵组成。受县汛情指挥部统一调配，从 8 月 4 日组建到现在，一直苦战在抗洪一线。

哪里有险情，哪里就有突击队。在嫩江国堤新开口段的三次险情中，队员们是第一个跳进水里，最后一个爬上岸。这些民兵中最大的 48 岁，最小的 18 岁，有的家里也受灾了，庄稼都在水里泡着，但是一听到武装部的动员令，一点没犹豫，撸起袖子就来报到了。他们比民工有组织性，指挥员指到哪里，他们打到哪里，动作整齐划一，运土，站在齐腰深的水中打树桩，顶雨往堤上送防汛物资，在整个抢险中他们表现得非常突出。

连续作战已使突击队员们感到疲乏，但是面对嫩江水位的不断上涨，他们丝毫不敢放松。突击队把靠山村的村小学教室当临时住处，把桌子椅子一拼，和衣一躺就是一宿。没有被子睡觉时蜷身体就能暖和不少，难受的是湿漉漉的衣服贴在身上，像狗皮膏药似的，来时没带换洗的，衣服都湿透了，阴雨连天，太阳不露头，没玻璃的窗子风直接吹到了他们的身上，湿冷湿冷的。来了这么多天，没喝上一口热水，出汗太多了，衣服上挂了不少盐霜，队员们身上手上的口子让盐蜇得火燎燎的疼，滋味真是不好受。

队长叫赵虎，是个36岁的山东小伙子，到肇源十多年了，找了个肇源的姑娘成家，就再也没离过这里。8月7日那天接到命令，让突击队火速增援靠山村堤段。赵虎立即召集队员，一人一把铁锹扛上就跑步出发。边跑边喊口号：苦不苦，累不累，想想革命老前辈。6公里的路，半个多小时的急行，队员们的情绪都被调动起来了，一个个眼睛放光，像一群下山的猛虎似的冲到了堤上，村民看见他们心里就有底了，自动给他们闪出一条道来，抡起大锤就砸在木桩上，顿时就下去了半尺，重新捍桩，村民们也来劲了，沙袋、防汛草不停地往队员们身边扔，村民们说就知道当兵的厉害，没寻思预备役兵干活儿也这么利索。赵虎笑着说我们也是穿绿服装的。

赵虎平时在家，365天顿顿山东大馒头，他自己和面自己蒸，山东人的胃口，这些天在堤上，米饭和馒头到肚子里就不动了，堵在那了，他就多喝水，队员们和他开玩笑说老牛都没他喝的多，排除一次险情，队员们坐在堤上休息时就开始归拢香烟，有几个烟瘾大的，抓耳挠腮跟孙猴子似的。没烟了，十多天烟瘾就扳过来了，防汛还把烟戒了。队员们说这是意外收获啊。堤上一战就是几个小时，险情不排人不撤，没有人掉队，没有人喊苦，虽说是预备役，但他们的气势一点不输正规军啊。

◎ 军民情深暖人心

只要留心，就会发现：无论在百里长堤的抗洪抢险前沿，还是在为前线提供有力保障的后方，触目可及的是军爱民、民拥军的场景。

在发展村拦洪时，因道路被洪水冲断，在水中连续奋战四十多个小时的解放军战士，喝不到水、吃不上饭，情急之下他们啃起了被风浪推来、沾满泥浆的青玉米。防汛的村民看见了心疼得直哭，都是一帮孩子啊。水性好的村民跳进水里往屯子方向游，带回来一袋子树枝子，用塑料布紧紧缠住，咋也不能让解放军吃生的啊，在堤上烧树枝子拢起火，把苞米上的泥洗吧洗吧烧青玉米吃，糊香味飘出老远，战士们轮班从水里上来吃玉米，村民们脱下衣服来扇风，火被烧得旺旺的，啃完的战士嘴巴上都是一圈黑，袖子一抹，满脸都是黑乎乎的，这样的烟火气抚慰人心。有的战士身上被蚊虫叮起了一个个大包，太痒了，一挠化脓感染了，肿的有馒头高，发烫，即使这样，战士们往包上捂把土，用绳子勒住就继续防汛，村民回村找村里的赤脚大夫，老大夫 70 多岁了，走道颤巍巍的，非要去堤上给解放军看病去，村民说你这样的身体禁不起折腾，把药拿给战士就行了，老大夫把蚊虫叮咬的、感冒拉肚的，头疼脑热的，还有剪刀纱布，想起啥就装啥，就怕漏掉什么，装了一口袋让村民给战士们送去。这一口袋的药就是个临时小药房，战士们伸出手，上面贴完了胶布，缠满了布条，看不出肉色了，村民们边擦泪边给他们涂药，有的战士脚板磨出了血泡，拿针挑破，挤完血，再用碘伏消毒，半天下来，小伤都处理了一遍，速成半个大夫了。

这些战士中有不少是农村兵，对待农民、土地天生的亲切，看着这些和自己父母相仿的人拿着铁锹来防汛，他们心里难受，防汛时他们就像是在保护自己的家一样。8 月 20 日，新站镇靠山村的防洪大堤上出现了感人的一幕，已在这里奋战了 7 昼夜的驻哈某部司训大队 530 名官兵纷纷为新站受灾村屯捐款，表达子弟兵的一份深厚情谊。

他们用编织袋做捐款箱，战士们里三层外三层地围着，逐个捐款，一元、两元、五元，啥面值的都有，每张钱都皱巴巴的，上面沾满了汗水、雨水。

司训大队队长张继臣、政委程军率先各捐了 100 元，山东籍训练股长王克俭捐了 50 元……

江苏籍战士陈玉猛捐了 55 元，肇源籍战士赵正义捐了 50 元……一会儿工夫，就捐了 6000 元。这些钱都是全体官兵平时节省下来的零用钱。

以心换心，心心相印。看到前来支援抗洪的解放军战士喝水困难，老党员尚生书、姜国学就从自己家搬来大锅，在地头搭起灶台，义务烧水煮茶，送给战士们消暑解渴；听说解放军打电话不便，个体户吴君就把自家的电话线拉到街面的杆子上，把电话搁在桌子上，上面的纸板上歪歪扭扭地写着“防汛抗洪打电话免费”，看着战士们用家乡话和家里人联系，吴君的眼泪就止不住，千里迢迢来到新站防汛，吃饭有一顿没一顿的，有时候十多个小时没水喝，扛沙袋挖沟浑身就像有使不完的劲似的，擅长说快板的周祥仁背着喇叭，手拿竹板、麦克，天天三件套不离手，早出晚归，往返于长堤之上，把看到的故事编成快板，说给战士们听，从老百姓的家长里短，到防汛的排险救灾，他腿脚利索，哪个堤段都走过，邻居们听他说堤上的事，也想为战士们尽点力，说自己不能做别的，就在家包饺子煮熟托他带到堤上，趁热给战士们吃，正在哈尔滨陪老伴住院的罗大爷托人捎信给周祥仁，让他先给垫上100元钱，非要捐给解放军战士……

这样的小事每天都在发生，每个老百姓都是平凡的农民，一辈子没干过一件能让人记住的事，他们的朴实让人心酸，总想要为战士们干点什么，每个解放军战士都是普通的青年，没穿上军装之前就是半大的孩子，但是一旦入伍他们就脱胎换骨了，就像周祥仁的孙子说的，他们是最可爱的人。在抗美援朝时是，在越南自卫反击战时是，在新站防汛抗洪的堤坝上更是！

◎ 抗洪将士筑丰碑

司训大队、舟桥部队、老虎团、苏宁团、钻头连等沈阳军区二十三军、四十军的官兵奉命前来报到！一个个不朽的光荣称号，一支支战功赫赫的英雄部队！这些番号是战士们用热血铸就的！在胖头泡抢险、发展村拦洪、赶牛道合龙中，战士们咬钢断铁，每一次都是意志与胆识的严峻考验，每一次都是用血肉之躯同洪水猛兽激烈对抗！而滔滔江水更洗练了人民部队百折不回、抗洪必胜的信念，支撑起了群众的脊梁，铮铮的铁臂扛起了人们曾几度沉浮的希望。

胖头泡漫堤前，仍在水里打桩的某部战士，就在江水涌到腰上的瞬间，他抓住了水里漂的木板，脱险后问他怕不怕，他说："不怕！""还去不去抢险？""去"！

在洪水中抓住檀木、漂流了六七个小时的肇源农场职工崔科，太阳烤得他已经睁不开眼睛了，恍惚间洪水一眼无际，他掐胳膊怕自己睡着，胳膊酸乏至极已经感觉不到疼了，是沈阳军区姜福堂政委开的直升机，两次折返，向他投下了救生网！

人民群众与子弟兵之间的鱼水深情体现在一草一木、举手投足间，贩夫走卒，引车贩浆的普通百姓，他们平时生活在城镇的角落，无人知晓，现在就像春天的小草似的出现在堤上抗洪、后勤保障、新站街头的队伍中，甚至在部队休整的间隙，屯子里的农民也搬来椅子，拿来家里的大海碗，倒入过年只舍得闻闻的大碗茶。小卖店来了个农家妇女，掏了好几件衣服的兜，凑够了一箱方便面的钱，把方便面扔到战士们的脚下转身就跑……

人民的深切关爱给予了子弟兵不竭的力量，洪水愈涨，斗志愈坚！

尹彦安为抗洪前线战斗的解放军官兵写了一首《满江红》：

洪水肆虐，
松嫩两岸汛情急。
子弟兵，
戎装披挂，
奋勇出击。
铁流滚滚赴新站，
车轮呼啸奔险堤。
保家园军民齐参战，
倚天立。
斗恶浪，
不畏惧，
排险情，
守大堤，
是抗洪斗志，
震撼霄宇。
洪水无情似猛兽，
众志成城如铁壁。
降洪魔群英显军威，
鬼神泣。

◎ 刘培东血汗筑长堤

防汛抗洪过程中，人民武装部政委刘培东同志，以不向狂涛让半分的军人气概，带领民兵突击队转战松嫩两江，奏响了一曲奋战“世纪之水”的浩然正气之歌，塑造了他铁汉雄风形象。

8月3日，嫩江第二号洪峰抵达新站堤段！新开口告急！

新开口子段，是关家亮子段南侧一个险段，1957年，肇源国堤开口就是在这个段上发生的，水退后口子堵上，因而得名——新开口子。

刘培东接到指挥部命令，带领百余名民兵突击队连夜奔赴新开口子段。民兵突击队队员站在卡车的斗里，时间紧急没来得及拉苫布，车刚走到向前村，风和雨就跟上来了，刮的卡车左右晃，雨点像小石子似的啪啪砸在脸上，车斗里没有固定的把手，队员们站不住了，刘政委索性和队员们跳下来，跟在卡车后面走，车轮卷起的泥打到队员们身上，一个个跟泥人似的，车陷住了，人推车出来，一夜跋涉，终于在天亮前赶到了险段。

刘培东望着迎水坡，陷壳的面积得有3000平方米，村民摞的沙袋得有一米来高，互相争讲着，有的说拿沙袋子直接堵，有的说扔沙袋子容易把陷壳的面积扩大，这两个意见就僵在这了。刘培东二话没说，手一挥，就带队员跳进水里，先在陷壳的地方打桩，往深里打，木桩扎住后，往陷壳处压草笼，摞沙袋，队员们速度快，压着洪水干，所有人憋住劲，经过三个小时奋战，终于遏制住险情。

刘政委长长地出了一口气，身子就站不成个了，靠在木杆堆上，细细审视所处的形势，一看倒是吸了一口冷气，这段是铁路上游的最险段，1957 年国堤开口，就是先在这个段上凿开的。1957 年，洪水住家三年多，民不聊生，老人们对水有本能的恐惧。国堤的背水坡是沼泽和水田，水洼子相互连着，看不到黑土地，取土得上十里开外，雨水一冲，坝上一半是泥一半是水，物资靠人背上来，压不实成就滑到坝下，靠山村地势洼，堤坝一旦决口，数千亩农田将成一片汪洋；靠山村既靠山，又背靠铁路，水如果冲过来，路基垮塌铁路就毁了，会造成交通大动脉中断；洪水漫过铁路，东部乡镇无遮无挡，洪水就将入无人之境，整个肇源以至大庆主力油田有被吞噬的危险。刘政委每天天不亮就开始巡堤，上段下堤十余公里，指挥部派吉普车他不坐，硬说要充实到后勤用来运送物资。夜里巡堤，风里飘来玉米秆腐烂的味道，刘政委站在坝上，脚下就是滚滚的洪水，心里阵阵发凉，1957 年的教训言犹在耳，百年不遇的特大洪水，悲剧不能重演，洪水一分一寸地上涨，大坝的坡面眼见的变薄。

8 月 5 日，一千多名增援的民兵突击队赶到了，8 月 7 日，县委书记田凤春增派的水利专家赶到了。大堤在高水位的长期浸泡下，多处出现了脱坡、陷壳。刘政委带领民兵抢险队像手术室的医生似的处理着这些大坝的伤口，沙袋、木杆、草笼轮番上阵，不分白天晚上。

处理这些险情，消耗了大量的物资，关家亮子段背靠铁路，坡面已经出现了脱坡的迹象，偏赶上配送防汛物资的卡车被紧急调配到库里泡了，汛情不等人，急得刘政委团团转。8月10日早上7点，刘政委接到指挥部电话，省防汛指挥部协调铁路部门给关家亮子段运送两车皮防汛物资。列车到站时间不确定，但只能停20分钟，刘政委放下电话，跑到堤上向队员们说明此次任务是卸火车皮上的防汛物资，火车不知道几点进站，停靠20分钟，卸下来就是队里的，卸不下来的随火车走，火车不等人，到点就开。“谁去卸？”“我去，我去……”一只只高高举起的手，刘政委挑选了80个精壮的小伙子，带队冒雨火速前进，8点钟就守在铁路两旁。雨浇的人喘不过气来，队员们在铁路两旁站着，站在那里直“筛糠”打“牙帮鼓”，不时抬头向东边张望，是列车来的方向。

下午1点35分，长长的鸣笛声，列车终于到了。刘政委他们没等列车停稳，扒着铁沿爬上车顶，草袋、防汛木杆等一股脑的倾泻下来。队员们就是一个念头，卸光两车皮的物资，一个编织袋都不能剩下，被扔下去的草袋堆得像个小山一样，木杆子往远抛，东一捆西一捆的，队员们的手套碎成了片，扯下扔了，直接上手。这81个人像疯了似的，15分钟两车皮里连根草都不剩，队员们跳下车厢。列车鸣笛开走了，站在满地物资的中间，队员们才看到手上的血，指甲都劈了，一声长鸣，列车鸣笛致意，刘政委带领队员把散落的物资一样一样归拢整齐，装车就往堤上赶，车坐不下人了，队员们在车后跑步跟进，队员们淋了7个小时的雨，水米未进……

8月14日下午6点，胖头泡段告急，指挥部要求刘政委带领民兵突击队增援，他带领民兵们坐上四轮车出发，让司机快点开，司机是新站人，他心里早就急的火上房了，领导一下令，油门就踩到底了，突突得直冒黑烟，其他的四轮车司机一看脚下都加劲了，这个四轮车队一路扬尘到了胖头泡，刘政委接到任务就和队员们开始背土，浪大，拍到堤上时把一个队员给带倒了，刘政委一边嘱咐注意安全，一边去背面粉，面粉堵管涌比沙袋好使多了，他心里清楚，面粉都开始往水里扔了，形势已经很严峻了，回头一看堤上的人们还在扛着木杆往水里按，抡着锤子使劲敲，大堤上的子堤都加高半米了，年轻的垒沙袋，年纪大的在上面踩实。处处可见人们保卫家园的决心。8月15日凌晨，在人们奋战30多个小时之后，胖头泡大堤还是被洪水冲开了，溃口两侧像切豆腐一样整片整片地坍塌，洪水挤了进来，扇面一般的向前翻滚，吞噬良田、房屋、牲畜……人们边跑边哭，摔倒了爬起来接着跑，刘政委站在漫堤决口的南岸，泪水夺眶而出。刘政委和县里的领导们手拉手最后撤离，此时路上都是丢弃的沙袋木杆，他们一行人顺着一条小道才撤离到了东岸，算是脱了险。

下午，指挥部命令刘政委立即赶到四合村解救被困的民兵。看身边，队员们都已经走散了，有百十个村民围在周围，刘政委带着这些村民赶到到了四合村，几个妇女在村头抱头痛哭，哭声越来越大，妇女手里还掐着一只鹅，鹅扯着脖子叫唤，挣脱不了，远处站着几个上了年纪的老人，虽听不到他们的哭声，但满脸满手都是眼泪和鼻涕，刘政委的眼泪噼里啪啦地掉下来，他把声音憋回去了。队伍继续前进，走到村子中间，有条土路通到堤上，堤上的有个编织袋盖着的小山，孤零零的一个，他们走不到堤上，中间隔了10米多宽的水塘，刘政委对着堤上喊："有人吗？有人吗？"，掀开编织袋露出一个个脑袋，村民折了树枝子探路，水塘有两米多深，堤上的人看到救兵了，挥着胳膊喊："我们在这里。"刘政委领着村民走进树林，堤上看不到木杆，眼下只能砍树，扎木筏划过去接人。转了一圈，看见几棵粗细相当的树，没斧子，就拿铁锹砍，卷刃了再换另一把，没有更合适的工具，村民掰树杈子，把编织袋拆成一条一条，连砍带推的放倒一棵，抬到水塘边上，树带着青草味，树皮紧紧包着树干，树叶嫩绿，这些树都是村民家的，指望成材盖房，刘政委："乡亲们，这些树都是谁家的，记着点，党委政府不能白拿老百姓的东西。"砍下来六棵树，用编织袋条子把这些树绑在一起，树冠朝外。刘政委和三个年轻的村民用树杈子掌握方向向堤坝划，堤上的民兵屏住气看着他们越来越近，刘政委稳住木筏，十多个民兵排成两排，一次上一排，这些民兵是当时溃口时走散的，看到刘政委就跟孩子见着家长似的，红着眼睛噘着嘴委屈地哭了，刘政委笑了："这不是来接你们了吗，来晚了。"民兵们让刘政委歇歇，他们接过树杈子往回划，边划边回头看他，眼泪顺着流到嘴里，民兵和村民会合后，刘政委领着他们回返，沿途所见玉米秆从中间折了，前半截耷拉在水里，结的玉米棒吐须子了，稻田池子里都是水，露出一根木头桩子，旱时排灌用的，现在就它露出水面。

在前所未有的特大洪水面前，刘培东同志身先士卒，顽强拼搏的精神在堤坝上树立了无声的丰碑。在大庆市召开的抗洪抢险总结表彰大会上，刘培东同志受到了市委、市政府的表彰，并接受了电视台的采访，当记者问到参加这次总结表彰大会有什么体会时，他说："在我们大庆，肇源遭受了300年一遭的特大洪水时，各级党员干部发挥了模范带头作用，哪里有困难哪里有危险，哪里就有我们党员干部、人民解放军、武警部队和人民群众共同战斗，对夺取抗洪胜利起到了巨大作用，广大民兵预备役人员在抗洪斗争中也发挥了积极的作用。"

◎ 苗锡宁智驱洪魔

翻开1998年肇源抗洪英雄谱，当年的景象跃然纸上，时间的绳索在这系了个结，市、县两级抗洪抢险先进个人，县人民武装部副部长苗锡宁在图谱上留下了自己的痕迹。

8月3日，嫩江第二号洪峰进入肇源，关家亮子段告急。苗锡宁接到命令后，带领民兵千余人跑步赶赴关家亮子，他冲在队伍最前面，46岁的他咬牙把队伍的速度带起来，十公里冒雨拉练，"当兵的人"歌声嘹亮，"谁来保卫国家，谁来保卫她”一声声叩在心上，这千余人带着气吞山河的气势，翻卷的乌云把豆大的雨点砸在人的脑门上，溅出一串水珠，苗锡宁头顶着大雨，脚踩着稀泥，往堤上一站，挺直腰板，不管是不是兵看见他都叫他老班长，“同志们，稳住，跟我来！”把民兵带到物资堆，一部分抢运土袋，一部分打牢木桩进行防浪护坡。

他看到民兵们扛沙袋的步伐不够快，他拎起沙袋用肩膀扛起就开始小跑，到了木桩那就扔给了护坡的民兵，动作干净利索，领导冲锋在前，民兵们更有劲头了，扛起最沉的土袋冲上大堤。风浪中打桩费劲，人在水里泡着使不出劲来，大锤举得高，往下砸的时候没劲，苗部长抡起大锤一个半圆下去就把桩子打下去半尺深，民兵们就跟上劲了似的，大锤一个比一个抡得狠，木桩子一个比一个深，村民说这都赶上天兵了，不知道累啊。脱坡处，木桩捍起来了，土袋码起来了，洪水被挡在大堤之外。

8 月 8 日，大堤靠铁路上又出现大面积脱坡。指挥部命令苗锡宁率队立即赶赴该地抢险。苗锡宁从 3 日起就在大堤上驻扎，五个昼夜了，哪有险情他就在哪里。眼睛熬红了，手上的血痂一条挨着一条，小腿被木桩子撞得青紫。8 月 11 日，胖头泡告急，苗锡宁奉命带领民兵支援，到堤段上只见一捆捆的编织袋，没有土，先期备的沙袋全用完了，堤段附近是大深坑，已经无土可取了，一路急行过来的队员现在眼巴巴地等着运土的车。路滑，运土的三十多台四轮车陷在了一公里外的稀泥中，发动机的声音就跟炸开了似的。苗锡宁带着队员踩着稀泥向运土车奔去，组织民兵十几个人一组，喊着号子推拉抬扛，硬是把三十多台车从稀泥中抬了出来，司机们在车斗上罩了层塑料布，人被浇成落汤鸡似的，土可是干的，那层绿绒草还在呢。队员们装袋扛起来就跑，司机们也没闲着，给队员们码沙袋，希望就像沙袋似的一点点垒起来的，队员们以军人的责任感和使命感激励自己，村民们把保护家园的决心洒在了这百里长堤之上。

8月15日，胖头泡段漫堤决口，汹涌的洪水一泄如注，顷刻间淹没了肇源西部十个乡镇二千一百平方公里的土地村庄，盘踞在肇源西部的洪水达43亿立方米。

为了早日排除洪水，重建家园，8月17日，以县委副书记为总指挥、副部长苗锡宁为副总指挥的清障泄洪指挥部正式成立。

8月27日晚7点，苗锡宁率清障船逆流而上，去打通水下通道，向着这片“海”挺进。

天，渐渐地黑了下来。船头压着浪，不时地有一些漂着的庄稼秆，木头片子碰到船上，木头盆里蹲着一只猫，喵喵地叫着，正常的日子被打破了，水下的电缆、遗弃的渔网缠住了船的摆叶，船上的人拿长杆子挑开，挑不开的在木杆子头绑上镰刀，割断障碍，一道走走停停。

向导都是附近的村民，熟悉地形，现在满眼是水，天边都是水，没个参照物，他们也迷路了，没想到在自己生活了半辈子的地界找不着南北了，船队开始绕圈跑，向导说这是碰上鬼打墙了，得等到天亮，苗锡宁拿这些村民没办法，思想教育在这派不上用场，要保证13条船的安全，减少船只燃料的损耗，苗锡宁果断地把船只召集到一块，于半夜一点多钟到达了附近高冈。拴好船，爬上高冈，向导也没认出来这是哪，高冈是沙土地，有没遇水的玉米，吃着青玉米，顶着江风，苗锡宁带着队员对付了一宿。

第二天早上，小雨变成了大雨，清障的船没有后勤保障，靠队员们自己准备，出发时急，馒头拿少了，都前胸贴后背，苗锡宁暗下决心今天必须得走出这个区域，向导们天刚亮就爬上高冈往四周望，哪里还有屯子的影啊，白茫茫的，空气里水腥味呛鼻子。离挺远有个起脊尖，也不知是谁家的房子，有个向导认出这是前屯老张家，当年盖房时不怎么顺当，有人出招在房脊上镶了一圈玻璃镜子，现在这圈镜子正反光，他家后头就是屯子的南北巷道，往前就是老生产队，东一句西一句拼凑出往日的情景，按照这幅活地图前进，苗锡宁的船打头，其他船一字排开，三个小时以后到达了清障地点。

我县西部被淹区虽属平原，但是多少年来人们修建的公路、堤坝、围堰、干渠纵横交错，水位日渐回落，露出的障碍也日渐增多。清障队员早出晚归，风餐露饮，村庄、田地、道路一点点地在洪水中显现，队员们看到了家的轮廓。清障工作越到最后，难度越大，水中的堤坝、村路都改道了，顺水的流向紧紧缠在一起，油泼不进，针扎不入，水中爆破不可避免了。

苗锡宁凭借1994年曾搞过冻土爆破和与117师协同爆

破所积累的经验临危受命，担负起水中爆破的艰巨任务。

苗锡宁这条硬汉从防汛到清障再到爆破，党指挥到哪他就跟到哪，他的身影出现在每一个爆破点上。从西坎子到农场路，从林肇路到油田砂石路，从水中到岸上，从风里到雨里，每一次腾空而起的水柱上，都凝结着苗锡宁驱除洪水的决心；每一股从爆破孔泄出的洪水，都会带走苗锡宁对淹没区的几分忧虑。秋分时节，岸边的水温乎的，越往里走越凉，凉气顺着水往身体里侵，苗锡宁穿着单裤，手操竹竿在水中探路布点，在他的带动下，清障队员看样学样跳进水中，安放炸药，连接导线。县委田书记看到了，一句话也没说，第二天指挥部为他们送来了水衩。

9 月 24 日，风从早上开始刮，卷起了一米多高的浪，苗锡宁穿着水衩在水中固定炸药。刚一弯腰，浪就把他拍倒了，他赶紧把炸药举起来，挣扎着站起来，接起爆线的竹竿被浪打得直摇晃，连接不上炸药。苗锡宁顶风往回来，捋线路，有个卡扣松了，得剪短一段重接，这样导线就比原来短了。他让其他人赶紧上岸，离他远点，苗锡宁亲自起爆，崩起的水幕比楼房都高，他穿着水衩跑不快，落下来的水把他淹没了，看不着人了，当队员们把他拖到岸上，水顺着耳朵、鼻子往外淌。

县人民武装部组织的民兵突击队，在执行急难险重任务时，处处体现出肇源人民的精神风貌，受到了县委领导和人民群众的高度赞扬。县委书记田凤春不止一次地说：“我们的民兵突击队能打硬仗！”

第四章　胖头泡漫堤决口

胖头泡位于嫩江干流左岸，1998 年之前，大家称新站胖头泡为刚正泡，据说是满语“对面泡子”的意思。据四合村里的老人们讲，刚正泡这个名字是江对岸吉林月亮泡人给起的。这个泡子里有鲢鱼窝，鱼多，个大，家家都会做一手好鱼宴。拿手菜是生鱼，鱼片被切成纸那么薄，透亮，切点香菜沫，青辣椒，圆葱丝，泼点红辣椒油，拿醋一勾汁，筷子夹起生鱼片一蘸，从舌头鲜到胃。县里有去过国外的人说外国的生鱼刺身就是这个味。胖头泡面积不大，但水质好，水泡子四周是大量淤泥，天长地久沤成了黑土地，胖头泡一带从此成了鱼米之乡，是全国闻名的肇源大米产地和水源地。

江对面的吉林人，也经常被吸引过来，携家带口赏湖光水色，品尝喷香的特色鲢鱼……

知道它的人并不多。1998 年 8 月 15 日凌晨 2 时 20 分，胖头泡段因洪水漫过坝顶漫堤决口，漫堤决口长度为 776 米，深 19 米，致使 10 个乡镇、139 万亩农田被淹。

◎ 军民激战胖头泡

江水水位一天比一天高，防汛形势一天一天地吃紧。

8 月 8 日，经过镇党委陈书记向县委请示汇报，省军区派来了解放军支援新站防汛。

8 月 10 日，陈书记让包维一到靠山去接解放军和县人民武装部的预备役部队。包维一和解放军司训大队的政委简短交流后，就把他接到了防汛指挥部。在陈书记的指示下。由包维一负责找靠山村干部把司训大队官兵安置在靠山村小学。县人民武装部民兵预备役在赵虎科长的带领下，也被安置在学校旁边。

司训大队的政委对包维一说："这个学校距离防汛堤段太远啦，我们的官兵每天要走一个多小时才能到防汛堤段。"政委接着说："周边的部队各地防汛已经调空了，省军区只有我们司训大队一支队伍没上前线了，而且都是一些娃娃兵。刚够服役年龄的小兵都是一些小孩儿。"

包维一说："那也没办法，现在江堤上已经走不了车了，只能步行上堤。"

县人民武装部预备役的军事科长赵虎啥话没说，就安置在靠山村的学校了，这样一来，民兵预备役和司训大队的官兵同时上江堤。因为穿的都是迷彩服，也分不清哪支部队是预备役，哪支部队是正规军。但是包维一一眼就能分辨出来，解放军都是跑步前进，预备役的官兵都是大步向前走。

永安村书记李彬在地上捡到解放军的帽子、领章和一个水壶，交给包维一让他转交给解放军。

当天，抗洪抢险突击队住在靠山村小学教室内，把学生桌子拼在一起就成了住的床，被褥是军用行李，当时天下着雨，行李非常潮湿。吃饭被安排在附近的村民家里，每天穿着胶鞋上国堤干活儿，走在连泥带水的大坝上，每天回到住所脚都被泡白了，变得皱皱巴巴的。

开始，民兵几乎每天都冒雨上堤，刚去的时候队员们都是头顶着编织袋护堤，后来县里才给队员们发的雨衣。

每逢狂风暴雨我们的抢险队队员和农民，蹲在护坡草捆边，头上盖着一块儿塑料布，在那里萎缩着、严守着。每当看到这里，让人禁不住热泪盈眶。千名的抗洪抢险队队员，用他们的单薄血肉之躯，守护着我们的家园。

当时只有解放军和预备役官兵有救生衣，其他堤上的干部群众都没有救生衣。在堤坝上肉眼可见涨水的时候，就把堤坝上的空矿泉水瓶的瓶盖拧紧，在腰上绑了一圈儿。包维一问李曙光："你扎这个干什么？"李曙光说："一旦大坝失守，洪水上来了我不会游泳，这些空矿泉水瓶能把我浮起来呀，上次在新开口段堵口子时，二嘎子就是靠绑腰上半袋子空矿泉水瓶救了韩凤海书记一条命。"包维一笑了起来说："怎么能让大坝开口子呢？我们是堤在人在，誓与大堤共存亡。"

包维一检查穿堤结构物时，编了几句顺口溜：

先看闸头的完整，再看闸门关闭紧。

三到出口观水色，重点注意八字墙。

电排工程查竖井，再观机房四周围。

分缝接头查仔细，发现险情及时抢。

1998年，老天不知被谁捅了个窟窿，一场百年不遇的大洪水，席卷肇源。天漏了，厚厚的云层在嫩江边乱窜，窜到哪暴雨就跟到哪。大雨倾盆，小雨缠绵，啥时候抬头啥时候下雨，不管白昼还是黑夜，雨一直下，灰蒙蒙的一片。人心顺着雨水散了。混浊的水流到庄稼地里停住了，不走了，公路上的积水有半尺深，柏油路都泡酥了。太阳已经有很多天不露面了。那壮壮实实的大堤也在江水的浸泡中老了，堤上的抢险队队员衣服都发霉了……

包维一低头看见裤脚子上有白毛，用手一拍，裤脚子碎了，“这下可坏了，就一条裤子，这回光屁股下水吧。”大伙打趣：“就你光屁股都没人看，白光。”

洪水早在一个多月以前就超过了防汛警戒线。从那一天起，陈书记带领乡村干部和群众就吃住在堤上，就连镇妇联主席郑波也是50多天不曾下堤。大堤上没有了笑容，烦躁的气息开始流动，人们表情越来越整齐划一，从平淡到紧张，从紧张到严肃。包维一给大伙带来了难得的笑模样。

胖头泡段国堤长5700米，它地处低洼积水处，大坝两侧都是水，堤外是天然沟壑三叉沟，堤内是大、小胖头泡养鱼池，这是洪水最古老的通道。千百年间，汛期的洪水总是从这里漫向广阔的草原。但国堤筑成后每到汛期，一条国堤大坝把三叉沟截断，一坝和二坝两侧坝脚内外都是水，迎水面被嫩江冲坏了修，修好了坏，反反复复。1998 年的大洪水铺天盖地涌来时，这个薄弱环节就暴露无遗，被无限放大了。尽管大伙决心要维护，拿手刨土，但大堤在高水位的浸泡下还是险象环生。大伙的心一直在嗓子眼吊着，吊了几十天了，堤上的人都说不清了，只记得从第一次洪峰入境，风雨就再没消停过，堤上的人再没下过堤，更没回过家。

新合村堤段是全县最先进入抗洪紧急状态的。陈书记指挥全镇的干部群众保障第一次和第二次洪峰顺利过境，防汛袋不足了，用木桩和草护坡筑牢夯实堤坝，最先下水的杨木杆子，在洪水中发出了嫩芽，枯树纳新绿。附近的草已就被割光了，露出参差不齐的茬子，就连胖头泡深水中的芦苇蒲草也被民工乘船割光了，洪水就好像要把人逼到爪干毛净的地步。

1998 年 8 月 9 日早，刮了一宿的大风越刮越起劲，大雨浇的堤上的人睁不开眼，站不稳脚。陈立敏带领镇干部火速赶到向前村段。包段干部到村里，组织村民上堤抢险。

疯狂上涌的洪水借着骤起的大风翻卷着滔天浊浪猛烈地冲击着堤岸，在胖头泡段国堤中间位置的新站村堤段地势低洼，坝基弱。只短短几个回合，堤前迎水坡木桩和草笼就被撕开了。魔鬼浪头向顽童抱茅一样一根根一层层把撕下的木杆和柴草掠走，已经被洪水浸泡一个多月，不再坚实的堤坝完全裸露出来，直接遭受着洪水的冲击。当恶浪频频打来时，松软的泥土背叛了堤身，一堆一块地随水而去，眨眼之间，堤坝就被打掉了一尺多厚，新的断茬呈现着更为不堪一击的状态。

新站镇政府紧急调兵，镇党委书记陈立敏、副书记许凤生、副书记王作林和堤上的镇干部火速赶往新站村段。包段干部县体委主任王军开着车直接到村里，组织村干部动员群众上堤抢险。

狂风迅猛异常，大雨骤起不歇，堤上的人睁不开眼，站不稳脚，面对着堤外浩瀚无边、深浅莫测的洪水，本能的恐惧使来抢险的人畏惧，怕下去就一去不返，也怕岌岌可危的大堤突然崩塌，一命呜呼。

堤外的水是黑乎乎的，像要吃人一样。前来抢险的村民边看着洪水腿不由得发抖，本能的恐惧抓住了每个人。陈立敏更多一份怕，守土有责、护民更有责。他率先跳进水里，副书记许凤生紧跟着也跳进来了，包维一跳进水中，接着，镇村干部们如下饺子一样“扑通”“扑通”都跳了下去。村民不再干瞅着了，也跳进水里，手拉手、肩抵肩垒成人墙迎战洪水。

这一场恶战从早到晚一直持续到夜里 12 点。脱坡堤段总算抢护完了。走上大堤，陈立敏书记一下子瘫坐在堤上，嗓子哑的完全失音了。副书记许凤生的嘴歪向了一边，五官扭曲到一起，许凤生身子往东边一歪就瘫在坝上，嘴角吊着扯向耳朵，口水顺着舌头淌在前大襟上，嘴里支支吾吾的，胳膊举着，手指向洪水，过度的劳累使许凤生的脑梗病犯了。

他玩命的过程大家也在拼命，竟谁也没有注意到他改貌易颜。

陈书记带头用身体护住堤身，郑波领着村民拼命地捍桩、护坡填土、装沙袋、运沙袋，她那不要命的劲头任哪个男人看见都鼻子发酸。

站在身后的向前村书记高凤发说："陈书记，我长这么大头一回看见这么大的水，这天天抢险整的我心里一点儿底儿都没有，我怎么看这江心比子堤还高呢，那小船咋漂在树上呢？怪不得老人们讲发大水时江心是向上鼓的。"

1998年8月10日，省防汛指挥部紧急通知：嫩江第三次洪峰将于8月13日到达，预计嫩江干流江桥站水位将达到142.5米，超保证水位2.10米，超历史最高洪峰水位1.74米，相应流量17000立方米每秒……

陈立敏听着水情预报，手脚冰凉，怀疑自己听错了，再上涨，这大坝就挺不住了。转念一想，如果像二号洪峰到来前月亮泡水库大坝开了，水位不就自己撤了吗。

8月10日，王玉辅镇长听了早晨水情预报，他想这下胖头泡危险了，立即赶到胖头泡和陈书记会合研究胖头泡抢险。

他和陈书记商量说："陈书记，各段都很危险，我建议咱两党政一把手最好分开。我去胖头泡段紧挨着四合村那个段，方便调运防汛物资，一边防汛一边给县领导做后勤保障。"

陈书记点头同意了。

王镇长回到四合村堤段抢险，江水水位渐高，原来目测的小山都上了水，虽说关键看海拔高程，但看到山包上水，心里还是不踏实。王镇长是镇防汛指挥部的副总指挥，负责后勤和生活保障。

8 月 10 日一大早，福兴乡义兴村在大庆打工的农民朱耀，听说家乡汛情严重，辞掉工作，就往回赶。他冒雨驱车赶往胖头泡，走到新站时车坏了，朱耀把车扔在新站敬老院，在附近食杂店买了一袋饼干，沿着农场公路边吃边走继续赶路，步行 4 个多小时，终于赶到了胖头泡段。到了堤段，老朱连口气都没有来得及喘上一口，便加入了抗洪抢险的队伍。

8 月 11 日，县委书记田凤春带领副总指挥等领导先后检查了新站镇胖头泡、官家亮子、新开口段和铁路上堤段，每到一处，田书记都详细检查迎战三号洪峰的准备情况，鼓励大家克服困难，振奋精神，树立长期作战思想，确保大堤万无一失。

检查结束后，在新站镇防汛段的茂兴湖三分场主持召开了包段领导会议，就如何战胜三号洪峰确保大堤安全作了重要讲话。他说："今年的水位是我县历史上最高的一年，大莱站秒流量现已达到每秒 17000 立方米，全县险情频频出现，险中之险在胖头泡段。现在，防汛已经进入关键时期，各级组织、各级干部要振奋精神，克服畏难情绪。一要明确责任，加强制度建设。重点巡查监督制度，交接班时要下水检查一遍，确保不渗水、不漏水，夜晚每处堤段必须有一名乡镇领导代班；二要采取有效措施，保证抢险物资供应，缺啥物资给啥，突击队员要对国堤死看死守，发现险情立即行动，特别是铁路上下游和胖头泡堤段要严加防守；三要服从领导，听从指挥。各堤段人员和乡镇干部要听从包段处级领导安排，保证政令畅通；四要保证国堤上干部群众和民兵的生活。”

田书记最后说：“第三号洪峰是对我们最大的考验，我们一定要以不决堤、不开口、人在堤在为目标，保证第三号洪峰安全渡过。”

第三号洪峰的触角悄然地伸进新站，正在积攒力量，随时都会爆发。

“胖头泡段一部分国堤迎水坡滑坡了，情况十分紧急……”8月12日早晨，镇党委书记陈立敏给县防汛指挥部打电话汇报。

“胖头泡整体滑坡了，情况非常紧急……”在关家亮子段指挥抢险的县委书记田凤春接到了县防汛指挥部打来的电话，马上驱车前往新站胖头泡段。

胖头泡堤段的情况比预料的还要严重得多，整个迎水坡的防护全部滑脱掉进水中，堤身在洪水的不断冲刷下一片片塌落，背坡大部分渗水，有些地方已经形成管涌，在一个多月里，经过无数次抢护滑坡的堤身已经七拐八歪，失去了原有的形状。洪水水面已经超过堤顶，正哗哗地拍击着子堤。

包维一正在抢险。他不知道累，不知道饿，村民们已经煎熬了多日，精神体力都受不了。陈立敏发现有人从堤上溜走，对包维一喊：“你是怎么调动这些民兵的？怎么还有逃兵呢？”

包维一说：“陈书记，这哪是民兵啊，都是民工啊。”

陈立敏吩咐：“包维一，无论是民兵还是民工，一个都不能走，走一个你就得给我补一个。”

8 月 12 日上午 9 点，陈书记听到古城村大堤发生管涌，急匆匆赶到了胖头泡险段。陈书记身穿黄色的雨衣，脚上穿着高腰水靴，拄拐杖直接下到背水坡，一段一段仔仔细细在背水坡巡查，从四合村堤防一直走到古城村责任段。人们在上面高喊：“陈书记危险！危险！”陈书记回答：“没事儿，这水一时还过不来！生死弟兄们，你们都看紧点。”通过陈书记一下午对实地的调查，有 5 个村的堤段不同程度的都出现了管涌。最严重的险情在古城村、龙西村、向前村，二道坝已经完全脱坡，道路已经中断，只有在头道坝上行走。胖头泡险段，堤既高又陡，上下落差在十米左右。大堤内，14 万亩的稻田即将成熟，绿油油的，长势良好；大堤外是浩浩荡荡的大洪水，包维一不知什么时候来到了陈书记的身边，他俩看到多处管涌，二道坝下边的土松的像米糠，轻飘飘，不吸水。农场堤段堤坝外面都是水泥护坡，堤内二道坝完好，并且能够上链轨拖拉机碾压。

陈书记和水利局局长王忠智、堤防站专家杨久方凌晨就赶到胖头泡，说解放军大部队快要到了，随车拉来了一汽车矿泉水，就在龙西险段上支起了指挥部的帐篷。包维一禁不住和陈书记说：“陈书记这里太危险了吧？”陈书记说：“维一，人在堤在不能动摇啊！”吓得包维一不敢说话了。

田凤春、曲连贵、马国龙紧急商议，速调集在浩德乡的民兵抢险突击队增援，同时责成县防汛指挥部速调物资支援胖头泡，镇内所有的四轮车和其他堤段村屯的抢险队全部向胖头泡靠拢。千余人又开始了新一轮的抢险，300多台四轮车不断地向堤上运土，送到距胖头泡3公里和4.5公里的两处堤坝，再往前就靠人扛，县、乡、村干部和村民一起奋战，木杆、草和沙袋一样不少，人快，但洪水更快。

水利技术人员杨久方看完一段看下段，忙三迭四地解答着不断出现的各类难题，抢险却片刻不停。所有运来的木杆、柴草和土袋一概搬到堤上，却看不出大堤长高，洪水以更快的进度在上涨。

洪水以它无以数计的压力不断地向外扩张，终于洇透了大堤的最后一点干土，穿过大堤上看不见的缝隙，在背坡喷射而出，一道又一道，一线又一线，数也数不清。远远望去，竟如《西游记》中的水帘，眼见形势不断严峻。

丁家围子段赵军报险，曲副县长又带着一队人去了那里，新站10080米堤段数处濒危，村村自顾不暇。

陈书记每天召开一次防汛调度会，先通报当地和上游水位。8月12日早，在胖头泡临时指挥部陈书记说：“到今天早上7点，洪水又涨了23厘米。上游老龙口涨了35厘米，上游每天涨幅很大，再加上铁路线横跨嫩江，严重阻水影响泄洪。目前咱们铁路北比铁路南水位高近1米，水文专家预测了嫩江三号洪峰来的时候，铁路北水位会大幅度上涨，县防汛指挥部让我们迅速加高堤坝，以防漫堤决口”。

开完调度会不到一个小时，向前村出现险情告急。

抢险队队员发现背水坡有泉眼翻花，专家断定是管涌，大堤上早就没有土了，面粉也没了，建议派水性好的人在迎水坡潜水里找到管涌，然后下土龙压堵。专家话音刚落，一名叫张明才的抢险队队员一个猛子就扎了下去，摸了好长时间才找到了管涌的位置。包维一带领十名水性好的队员临时成立尖刀队，下水把扎好的土龙沉到管涌位置，五六分钟过去了，一点声音都没有，陈书记眼睛死死盯住水面，没人说话，有小伙子已经开始脱衣服准备下水了，水面上露出个黑脑袋，是张明才，他们确认管涌封住了才从水中爬上来时，嘴唇都冻青了。

县委书记田凤春巡堤正赶上他们封管涌，对张明才竖起大拇指。

管涌处理完了，技术员杨久方嗓子喊哑了，眼睛红了，他知道背水坡二坝脱坡，性质更险于迎水坡一坝脱坡，如果任其如此脱下去，溃堤就在今晚。

堤上的帐篷从棚顶往下滴水，褥子被子都能攥出水来，抢险队队员张金江得了蛇盘疮，浑身又疼又痒，每天还要坚持下水去摸管涌。在水里一泡，蛇盘疮蔓延至左半个身上、腿上、脸上都是了，挺不住的时候他就拿草包蹭，整个后背血糊糊的一片，包维一气得直踢他，说踢也给他踢回家去，张金江边躲边还嘴：“只要是这口气在，就得在堤上喘，村里头都是妇女孩子，回家当缩头乌龟，下半辈子都抬不起头来。”

8月12日中午，新站镇种子站经理刘站江得知胖头泡汛情严峻，广大官兵与群众在抗洪条件十分艰苦的情况下仍在日夜奋战的消息，纷纷解囊捐献，不到两个小时，职工捐款2000元，购买了面包、火腿肠等食品送达抗洪一线官兵和群众手上，体现了军民鱼水情深的友爱精神。

晚9点10分，发展村党支部书记组织村里300多村民，连夜赶赴险情现场，抢险备土18个小时，备土2500立方米，装完防汛沙袋2000个，备草7000捆。

◎ 县委书记住险段

8月13日早5点，胖头泡临时防汛指挥部陈书记通报汛情时脸色沉的和江水差不多，他说："到今天5点，江水又涨了27厘米，老龙口涨54厘米。预计明天我们这里最少要涨50厘米。""涨多少？50厘米？"大家不敢相信自己的耳朵，是不是听错了？看见大家慌乱，陈书记定定神，清了清嗓子，沙哑地说："洪水不可怕，前两回的洪峰咱们不也挺过来了吗，等三号洪峰通过后，咱们兄弟不醉不归！"主坝体迎水面脱坡还没完全止住，备土已经全部用完了。人们从3.5公里外往回背土，加高子堤。堤身在奔跑的脚步下忽闪忽闪地颤动，如同行走于柴草垛上，洪水从针眼般的缝隙间挤出来织成了水帘。

8月13日一早，肇源县水利局局长王忠智奉命带着另一批水利技术人员赶到了胖头泡指导。此时胖头泡堤上的人们已经抢险一天一夜，主坝体迎水面脱坡现象还没解决，备土已经全部用完了。

三号洪峰来了，管涌加剧，二坝泥泞不堪，水在人肉眼看不到的堤身内部运动着。突然，大堤二坝整个垮在了水里，正在堤顶指挥的党委书记陈立敏、镇长王玉辅和十多人随着下落的坝顶向七八米深的胖头泡水底滑去。幸好有个护堤的木桩把他们截住了，堤上的人七手八脚地把他们拉了上来，一个 80 多平方米的断口黑森森地出现在人们眼前，堤基都成了渗水的稀泥。

技术人员提醒，背水坡二坝脱坡，性质更险于迎水坡一坝脱坡。

田凤春立即召集堤上的技术人员开会，紧急磋商抢护方式。

“或许在背坡捍桩能行，这种情况下也真是别无良策。”技术人员忐忑不安地提出了这个方法，随后马上向领导说明这种方法是违规的。他们说：“在水利专业理论都不允许在背水坡捍桩，因为是背坡捍桩容易形成人为的泉眼，促使大堤决口。”

“那么不捍桩到底行不行？”田凤春焦急地问。

“那更不行了。这形势，随时可能决口。”技术人员毫不犹豫地回答。

“那就具体事具体办，在背坡捍桩，干！”田书记果断地说。重大决策就产生在一分钟的时间里，它决定了大堤又多维持了两天的时间，保证了肇源农场和新站镇的数万群众安全转移。

于是，背坡的杆子一排排地捍起来，排水引流，填充堤身，加高子堤。男女老幼，往来奔走。民兵抢险队指哪打哪，东挡西杀。

第一批草包火速压满了陷口，就在人们以为这段堤身已经修复，准备奔向下一段的瞬间，刚刚填平的陷口又突然陷落，整堆草包山体滑坡样地溜下去，推倒了新捍的一排木桩之后，七零八落地滚进胖头泡水中。

再捍，再填。县里的民兵预备役抢险突击队想出了新的办法。他们先把杆头削尖，再在杆上绑上横杆，站上去一个人，四个小伙子在两面喊着号子一起一落就把一根木杆捍进去了，这样捍的木杆比常规方式更牢固一些。

胖头泡段的堤顶与坝脚的高差在 10 米左右，西部的几个村接二连三出现了险情，最严重的是古城村堤段，二坝几乎全部脱坡，堤上道路连自行车都不能骑了，只有一坝上可以走人，还得晃晃悠悠的。田书记安排人在古城村段上支起了帐篷，包维一说："田书记，古城村堤段太危险了，二坝脱坡，一坝子堤低矮，一旦出现漫堤决口根本撤不出来，您还是把帐篷转移到向前村以南的安全地带吧。"

田书记说："这里最危险，领导干部就要在这里安营扎寨，堤上近万名群众和官兵都在最危险的地方战斗，我们领导干部为啥要去最安全的地方呢？我定的指挥部就设在这里，指挥抢险都方便。"

陈书记和包维一偷摸把田书记的帐篷挪到了200米以外的相对安全地带，没承想让田书记发现了，给他俩一通批评，没招又把帐篷挪了回来，帐篷就搭在最危险的地方，新成立的指挥部比江水水位低五六米。

上午9点，县政府县长助理马国龙急匆匆地赶到了胖头泡龙西险段，从四合堤防站一直走到巴彦责任段。

用一上午的时间对胖头泡实地调查，从巴彦村段800米、古城段1000米、龙西段1000米到向前段1500米、振余段1200米，这五个村的责任段不同程度的都有险情。最严重的险情在古城村、巴彦村和龙西村，二道坝已经完全脱坡，道路已经中断，只能在头道坝上行走。和巴彦段接壤的农场堤还是比较安全的，男职工用链轨车碾压将二坝找平，女职工捡口袋，有序进行，新站段张殿义嗓子沙哑，让包维一去县指挥部拿一提矿泉水，包维一呼哧跑去拿一提矿泉水被田书记的秘书韩丙臣训斥："老包你放下，真不要脸，这是给解放军喝的。"包维一只好悻悻地跑回了新站段。

指挥部刚成立，陈书记就找到县水利局技术人员杨久方研究堤上这些管涌怎么堵。按杨久方的建议，陈书记让包维一在各村抽调50名会游泳的抢险队队员，在古城段集合。杨久方、陈书记、包维一带领50名抢险队队员，从有管涌的最北端一直到最南端，来次大排查，刚下水就在背水坡找到一处大管涌，呼呼地直冒水，包维一拿铁锹挖开一米宽的沟，直到一坝坝脚，填进成捆的青芦苇，再用土和沙袋压实，只留一处青芦苇将水导流出去，这就防止管涌造成的坝上土流失。每处理完一处管涌，杨久方都安排专人看，嘱咐他们管涌一直冒清水问题不大，一旦发现冒浑水立即报告指挥部。

包维一又想出了新办法，为了避免捍杆被再次推进水里，用八号铁丝一头将木杆拧住后，拉过堤身，拴在大堤迎水坡外的护堤树上。此时树下水深已有三四米，水中有乱草、树根，水面上只露着树冠，铁丝要拴在水下的树干上。船上不去，全要靠人潜入水中去拴，谈何容易呀。

“我下去。”话音未落，抢险队队员张明才已经用牙咬着铁丝，扑通跳入水中，向大树游去。说话间，张明才已经拴好了一道铁丝，游回岸边，张明才说：“再给我一根铁丝。”他又游向另外一棵大树。一连气游了十几个来回。向前村的几个民工也学着张明才的样子，用牙叼着铁丝，跳进水中。

8 月 13 日一个白天，仅新站胖头泡段就抢险 5 次。

运土更加困难。用大船从肇源农场排灌站来回运送草包和土。解放军战士则去 3.5 公里外去背土。龙源市政公司的装载机被县里调来在给车船装土。

没饭吃，没水喝，谁也没觉得累，一门心思堵管涌。陈立敏给留守的镇干部打电话，将新站镇里副食店所有的食品都送到堤上，王玉辅镇长派车用白酒桶拉来了井水应急。

晚 10 点，战士们休息了。累瘫了的人们在堤上躺倒一片。田书记拽过一个干草包，也顺着堤身躺下去。终于看见他休息了，秘书韩丙臣赶忙过来，抢这点时间给他上眼药。

几十天没下堤，他的双眼患了急性结膜炎，近几天连上药的时间都没有了。上完了药，他已经睡着了。小韩想让他多休息一会儿，就拉过一块塑料薄膜撑在上面给他挡雨。

“四合屯进水了”听到这个声音，田书记一跃而起，和县长一起急奔四合屯。四合屯位于胖头泡堤段中间的高冈上，是国堤之间的天然屏障。从古到今，百姓们居高临下，在水一方却从无水患之忧。今天，水攀上了这个从未上去过的高冈。防汛一线的人们最先感知了这次大洪水是不寻常的。

镇长王玉辅带着推土机抢堵，四合村凡是能动的人都拿着家当上土，竭尽全力。一条新坝迅速地加宽加高，挡住了洪水奔泻而下的脚步。

陈书记来到古城村的堤段，看到水情紧急就请求县人民武装部政委，让民兵预备役对漫堤的地方赶紧围堵。边防九师的先遣队也到了，一个瘦高干练的参谋长带队，包维一接到指示就领着参谋长和50个官兵来到古城段，参谋长一看傻眼了，堤坝外的水呼呼直冒，堤背陡峭险峻，大坝四处冒水，参谋长一把抓住包维一的衣领问：“这汛怎么防？谁留现场指导指挥？一点抓手都没有，要土没土，车辆上不来我们怎么抢险？你把现场说了算的人找来，拿啥防？我的兵都是新兵，你不是让我们白白送死吗？”包维一说：“这个段上有县委书记、党委书记、支部书记，还有村民组织的尖刀连、敢死队，只要有一个人活着，人在堤就在。”包维一说这个段有支部书记和民兵连连长，他们就是现场指导，把古城村主任刘景禄和村干部唐军叫到身边，包维一说：“他就是这个责任段的党支部书记。”刘景禄说：“我可不是书记，我是村委会主任。”正在争执时候，田书记走了过来问怎么回事，包维一把情况简单说了一下，田书记急眼了，指着张殿义的鼻子说：“你们这个陈立敏书记是怎么搞的，都到现在这个程度了，村书记还没到位！你把古城这个姓佟的书记马上拉到堤上，出了事看我怎么收拾他。”现场气氛极其紧张。这时，解放军大部队的官兵沿着古城方向在大坝排成了长长的队伍，肩上扛着面粉向着胖头泡飞跑而来，不用多时，一条长长的子堤叠了起来，大概有 50 厘米到 60 厘米高。

◎ 叠加洪峰传手令

凌晨，县委田书记戴着模糊不清的眼镜，站在胖头泡大堤上望向江面，八月的胖头泡继续狂风暴雨，乌云像黑棉花一样厚厚实实的，接到上游水文站汛情，又一个洪峰今天晚上就要过境，田书记拿起电话贴在耳上高喊着，什么也听不清，情急之下掏出日记本写完说：“快，新站的武装部干部，口述我的命令，叠加洪峰晚上又要到了，你火速把我的这个纸条交给你们的党委书记陈立敏，并且同时传达给每个防汛堤段的领导，严防死守！”

包维一接过纸条，上面写着：“立敏，情况危急，速来。”包维一一路小跑，一出一滑的，沿线用高音喇叭喊着“洪峰又要来了，县防指要求各堤段一定要严防死守！严防死守！”包维一一直跑到四合村西头把纸条交给陈立敏书记，并且说明了田书记的指示。

陈书记说：“我马上过去，你接着往下传，传达给每个责任段，再到靠山村的后山把部队‘老虎团’接过来。”包维一继续送信儿，鞋陷进泥里拔不出来了，索性光脚跑，脚上撵出一大排血泡。

8月12日，吉泰集团总裁潘会彬率领员工带着10头猪、10只羊、方便面300箱，价值2万多元的食品和员工们一起到前线来慰问。听到洪峰来临，前线告急，集团总裁潘会彬忧心如焚，他说：“新站的事就是我的事，不能眼睁睁看着，我要尽点绵薄之力。”

这对抗洪军民来说无疑是雪中送炭，奋战了一夜的官兵和群众布满血丝的眼中充满了感激。看到军民奋力抗洪的场面，吉泰集团的员工们也十分激动，他们走上大堤，把食品发到每一位抗洪战士的手中，并表示亲切慰问。

晚7时，哈司机培训大队500人来到胖头泡增援。市政公司的装载机被县里调来给车船装土。

堤上的人二十多个小时水米未进了，陈立敏给留守的镇干部陈绍辉打电话，只要是吃的都送到堤上，食杂店饼干、面包、馒头都算上也没多少，陈秘书打开镇里的广播为堤上筹集吃的：“父老乡亲们，堤上的人民子弟兵饿肚子给咱们保卫家园，谁家有现成能吃的赶紧送到镇政府，不能让子弟兵们挨累又挨饿。”半个来小时，镇政府的门口堆满了滚热的饼、新蒸的大米饭、刚出锅的排骨炖豆角，陈绍辉抹了一把眼泪，把吃喝装上车就往堤上奔。

日以继夜，夜以继日。度过了阴冷潮湿且艰辛奋战的8月13日，迎来了8月14日清晨。在微弱的晨光中，有人发现，江水如开锅一样翻腾着，大雾弥漫在江面上，给人一种梦幻般的错觉：仿佛已经融化在洪涛之中，行走于洪涛之下，氤氲之气笼罩着，撩绕着，仙境神话般的景象让人心神不宁。有经验的老人们说：这水还涨得很猛哪，如果是撤水，江心就会塌坑的。

早5点，胖头泡防汛指挥部召开晨会，今天来参会的人数最少了，每天近50人，今天算上堤防站长和县水利两名技术员还不到十人，水涨势太猛了，各段都在抢险，谁也下不了坝，没法来开会了。

陈书记看了看稀稀拉拉的参会人员，包维一说大家都在坝上抢险下不来，只有这些人来开会了。陈书记说：“长话短说，咱们开短会。到今早5点，江水又涨了54厘米，立陡山涨56厘米。预计明天我们这里最少要涨75厘米。昨天的江水暴涨，大家以为洪峰过去了，现在看洪峰不但没有过去，还涨了54厘米，各段全力以赴加高子堤，迎接三号洪峰的挑战。陈书记看了看大家，沙哑的声音宣布散会。

无情之水无穷多。薄弱堤防抵挡着前所未遇的世纪之水，这是何等悲壮的场景，同时又如螳臂当车，是何等的自不量力啊。

天亡胖头泡，地亡胖头泡，不甘心的是人，新站人怎么也不肯舍弃胖头泡。尽管大堤已经液化成粥样，人走上去，脚印陷入四五厘米深，但人们还在坚守。一连几天几夜的艰苦拼搏，人们的体能已经全部耗竭，说不出话，抬不动腿，却还是机械地坚持着，像被浇湿的泥土一样黏在大堤上。

“田书记，你说什么？”

“田书记，你刚才说什么？”

“田书记，你再说一遍……”县委书记田凤春诧异地望着不断向他提问的陈立敏。这位老乡镇党委书记，今天这是怎么了？只见他憔悴不堪，表情木然，已与从前判若两人。他困得不行了，疲乏至极了。胡子上粘了草沫子也不知道蹭一蹭，他困得眼皮都抬不起来了，从7月6日第一次洪峰过境以来，他日夜奋战在大堤上，一个月没睡过一个踏实觉了，这七八天，他压根就没眯会儿，千头万绪，手脑并用的工作早已突破了他所能承受的极限，只剩一点清醒在支撑着意识，他的思维无可奈何地停摆。人们尽力了，所有的人在尽力以后还在坚持。

胖头泡大堤危在旦夕。水位早已突破堤顶，向子堤上一个又一个新的堤顶攀升着，洪水从子堤的缝隙中喷射着、流淌着。

完全是靠着子堤在挡水了。

背坡又出现了大管涌，胖头泡大堤危在旦夕，人们已经不怕了，眼睛里没有了恐惧，听到哗哗流水已经习惯了。

抢险队队长赵虎高喊着：“抢险队队员跟我下！”便一

把扯去外衣。民兵张明才先下水了，他急忙一个猛子扎下去。十几个人轮番地一次次潜入水中，堵了这面那面又冒了。抢险队队员们被冻得浑身青紫，无奈管涌越堵越不见少，形成了可怕的管涌群了。

县防汛指挥部向省防总、市防总作出了预险情况报告：胖头泡国堤有漫堤决口危险，漫堤决口长度可达1000米。

县委书记田凤春果断决策，让陈立敏书记赶紧马上撤离堤上的老人、妇女，只留各村的男抢险队队员，并安排专人对肇源农场、永安、四合、辽源、龙西、向前、发展、新站和新合居住低洼地带的住户，把人员和财产转移到安全的高冈上紧急避险。

14日上午8时，市长来到抢险现场，极为震惊，电话请示上级领导，决定快速调运面粉护堤抢险。

上午9时，在县委动员下，县直属各个机关派出抢险队，打着红旗，列着队伍，旗帜上标志着自己单位的名称，从新站大泡底沿着农场公路向胖头泡进发，一时间，红旗四处飘扬。

紧接着，省防汛抗旱指挥部总指挥、副省长王宗璋，沈阳军区参谋长，政治部副主任和驻哈某集团军政委也乘直升机到达现场，直升机降落在靠近胖头泡堤坝边的玉米地里，飞机降落后，秘书喊来人拉飞行员去吃饭，司机包连成开车从下道把飞行员接到四合村去吃饭。这边县里根据上级的指示在堤坝上拉起了电线杆并且挂上灯泡，三台柴油发电机组就立在背水坡的偏坡上，白色的无纺布也铺在背水坡，军区、省、市、县四个指挥部都在最危险的古城、向前和龙西村堤段上。指挥部之间相距 20 米左右，各指挥部旁边是隶属于自己的工作人员跑来跑去，架起了卫星电话，部队的指挥部始终在呼叫部队代号。

上午 10 点 50 分，军区 3200 人来到胖头泡支援抢险。

14 日上午，县工商局、县个体劳动者协会组织个体私营业者 16 人，用车载着个体户捐资购买的面包、火腿肠、矿泉水等食品奔赴抗洪第一线，慰问抗洪干部群众和官兵。当他们来到胖头泡段时，抗洪群众热情地围了上来。他们正准备发放物品时，有人喊："不好了，大坝脱坡了。"周围的干部群众闻声迅速拿起铁锹，捡起防汛袋向发生险情的堤段跑去。前来慰问的个体私营业者在轻骑集团肇源专卖店经理张波、东方印刷厂厂长赵彦国的带动下，毫不犹豫地拿着防汛工具，同抗洪群众一起奔向险地，投入抗洪抢险战斗。他们有的装土，有的抬袋，有的跳入水中打桩。万财大酒店经理兰信是一位 70 多岁的老人，他不顾年老体弱，一瘸一拐地往大堤上扛袋子；君乐制衣厂厂长宋国军的爱人付景华来时正赶上有病刚输完液，但仍忍着病痛一起装袋子。大家有十分力不使九分九，不怕苦，不怕累，始终坚信一个信念，那就是坚决保住大堤。

下午 1 点，省防汛抗旱指挥部总指挥、副省长王宗璋和水利厅厅长冯兆英，工程师胡本荣也乘直升机飞抵胖头泡堤段。王宗璋副省长说面粉马上就到了，大部队也来了。胖头泡大堤上出现了一片片的迷彩服。

全省各地运输面粉的车辆从四面八方向胖头泡汇集。

下午两点，田凤春书记一边指挥堤上抢险，一边电话指挥调度群众安全转移。

洪水在离他们七八米的地方咆哮，跃跃欲试的样子。省水利专家胡本荣说：“削二坝补一坝吧，挡一挡子堤透水。虽是饮鸩止渴，却又别无他法。这场特大洪水非人力所能抵御，以20年一遇的堤坝标准，抵御300年不遇特大洪水，不决堤是神话，决一处是奇迹。”会议决定按专家提议防汛，在较厚的二坝上削坡取土，抢筑一坝上的子堤。县水利局技术员杨久方看后彻底蒙了，二坝上的土不能取啊，那可是承重的，杨久方和县水利局局长王忠智汇报之后，说：“陈书记、老包，我撤了！”头也不回地往四合村走去。

晚6点，防汛指挥的直升机从南湖渔场飞回胖头泡。在二坝上，王宗璋副省长，水利厅厅长，67师师长、田书记和陈立敏、王忠智及水利专家围成一圈，将图纸按在大堤上，共商如何度过今晚。

在江水咆哮这个大背景下，堤上的人蝼蚁般地渺小。

土上不来了，水却在猛涨，会后大家又开始巡堤了。

大堤内外波涛汹涌，大堤上下千疮百孔，无须水利专家说，就是没有一点防汛经验的人也能一眼看明白最危险的时刻已经迫近。

解放军战士和抢险队队员们飞跑着扛面粉加高子堤。

8月14日上午，一支由21人组成的“大庆市三医院抗洪救灾医疗救护队”抵达肇源县后，还没来得及休息，就奔赴抗洪形势最严峻的新站镇抗洪一线进行医疗服务。这支医疗队由 14 名医生、4 名护士、三名司机组成，他们都是市三医院骨干，是有经验的医务人员，其中副主任医师两人，在胖头泡大地上市三医院副院长、医疗队队长康立权说："我们这次活动旨在支援前线抗洪抢险，这次带了 1.8 万元的药品和医疗器械，我们自带食品、自带车辆。我们医疗服务队为了明确责任，制定了抗洪抢险人员须知。"

医疗服务队在新站镇大堤上诊断 300 多人次，杜绝了感冒、痢疾、肠炎等疾病的传染。刚刚在杜蒙县拉哈段执行完任务的副院长王德平、门诊部副主任王守诚，听说肇源县新站镇汛情紧张，主动请战，也参加到新站镇抗洪前线进行医疗服务。他们此举受到抗洪前线人员的称赞，都说："他们是抗洪前线的特殊战士。"

◎ 出险情漫堤决口

上万名解放军战士和抢险队队员在铺着彩条布的堤上抢运面粉，从 3.5 公里以外扛来一袋袋面粉，加高子堤。一批袋子放上去，等不到下一批赶到，水就又涨上来了。队员们喊着口号，脖子上的青筋暴起，他们的脖子和肩膀都被面袋磨破了，没有一个叫苦叫累的，不时能看到累瘫了的民工躺在泥泞的地上睡着了。

晚上，包维一和韩雪松从四合村段往北巡堤，看见了县人民武装部政委刘培东，刘培东看见包维一急忙问怎么样，包维一说：“报告政委，洪峰马上就要到了，我们正逐村巡查国堤。”包维一和韩雪松一直走到巴彦的段，巴彦的常国栋说：“我们的段没事，我们紧挨着农场水泥坝，你就别操心了，你们还是看看别的段吧。”包维一和韩雪松在巴彦、古城、龙西、向前、发展段巡了一遍，很快几个小时过去，大概凌晨一点时候下起了雨，雨好大，人们已经精疲力竭了。

晚 9 点，胖头泡对岸吉林江堤上防汛照明的灯突然都灭了，他们已经撤离了。坚持住啊，胖头泡的人们还抱着这个信念在坚守着，坚守着，一直坚守着。

晚 10 点，在四合门前小坝上抢险的赵献涛，看着堤上被淋透的抢险队队员把头钻进防汛袋里，在窝棚旁坐着就睡着了，赵献涛摇醒这些抢险队队员，让他们进防汛窝棚睡会儿，他自己穿着雨衣出去巡堤，回来坐在窝棚门口迷迷糊糊睡着了，不知什么时候被冻醒了，屁股下面咋这么凉？他伸手一摸，全是水。他立即叫醒队员们都起来收拾东西准备抢险。建在坝头辽源大冈子小山包上的防汛窝棚都上水了，赵献涛想：这水怎么都上山了呢？记得下午 5 点的时候看江水距窝棚还得差 60 厘米，这水怎么涨得这么快？

此时，胖头泡的洪水已经超过堤顶 0.42 米，有 100 多米的地方超过堤顶 0.72 米了，还在涨，还在涨……

洪水在无情地涨着，一厘米，三厘米，五厘米……县水利技术员杨久方走到田凤春书记身边，悄悄提醒：“田书记，这水破纪录了！每小时涨两厘米多，如果这速度涨水，再有个把小时大堤就够呛了，您还是赶紧撤出这危险的是非之地吧。”

“不，我要与同志们共战斗，如果需要撤离，最后走的也应该是我。”田书记语气坚定，继续抢险。

这时，向前村报告，有一段已经水漫子堤，子堤急需加高……

龙西村报告有一段子堤漫水，没有加高的面粉了……

古城村报告子堤过水，面粉不足……

洪水涨着涨着，涨过了 1932 年，涨过了 1957 年，水还在涨，涨，涨到了历史最高水位，堤出现了横向的裂缝，好像老天爷大手掰开似的，裂缝越来越宽，积蓄了多年力量的洪水排山倒海般地跨越了胖头泡子堤，奔泻而下。

1998 年 8 月 15 日凌晨两点 20 分，时间定格在此时，定格在肇源县新站镇胖头泡。又累又饿又困的陈立敏拄树杈子当拐杖在巡堤查险，这哪是什么查险，到处都是险情，用面袋修筑的子堤，迎水面虽然用无纺布和彩条布包裹，但渗水和漏水地方多。他走到古城村堤段时，一下子愣住了：子堤成了水帘，个别较低的地方，江水已经漫过子堤，子堤成了瀑布。他招集附近的抢险队队员马上来抢险，队员说堤上已经几天没有土了，靠解放军扛面，战线这么长，水涨得那么快，这点面粉对于 5700 米长堤来说啥事不当。陈书记无奈地摇了摇头，慢慢地往前走去。胖头泡段经受不住 40 多天的浸泡，不堪重负。

古城村支部书记佟金龙在一坝上查看子堤漏水和漫水部位，突然，扑通一下他从一坝坝顶陷了进去，他当时想："我这下是完了，今天我是为胖头泡抗洪献身了。"他闭上了双眼……只听见哗哗流水声，头上没有土块砸过来，他睁眼一看，土已经埋过他第二个扣的位置，被淹没在呼呼往上冒的水里。由于江水水位高地下冒水的压力较大，自己的身体刚刚被土裹住，马上被下面巨大压力的水冲开，自己怎么扑腾也扑腾不出来，开始身体一动不动，刚晃动一下，身体有点松动了，他试探着借助坝底向上冒水的压力，自己一点一点往上爬，他拼命地往上爬，手刚搭到坝上，这时，抢险队队员唐军跑过来把他拉了上来，他回头一看，塌陷下去有十来平方米的一个大坑，水向喷泉一样呼呼往上冒，刚走两步，突然他们前面三四米远的地方裂了个大口子，轰的一声把他和唐军都陷进坑里，他们瞬间被淹没，由于坍塌的土块面积较大，他们站在土块上，脑袋时而露出水面，时而被淹没，情况十分危急，随时都有可能被洪水冲走。

陈立敏组织岸上抢险队队员，对落水人员进行救援，急忙往他们面前抛绳子，岸上人把被困在水中没穿救生衣的佟金龙和唐军先后救了上来。

巴彦村主任常国栋，听到有人落水急忙跑过来，看见古城村书记佟金龙已经被安全救起，为通知漫堤决口北岸的村民安全撤离，他从漫水的子堤上飞快跑了过去，告知北岸的解放军战士和群众，一起安全撤离险境。

战士扛来的面粉，瞬间被洪水冲了下去，口子在迅速扩大，由原来的圆形口子变为长方形，两分钟不到，一坝和二坝就被撕开了一条二十多米宽的口子。

地方领导、部队首长和水利专家都到齐了，经分析研判，决定不可再抢，不能有人员牺牲，投入再多的人力物力也堵不住。

部队、省、市、县领导根据现场实际情况决定：全部撤离。

省防汛抗旱指挥部总指挥、副省长王宗璋指示：要不惜一切代价，把财产损失减少到最低限度，争取不亡一人，不死一畜。当地领导马上研究补救措施，军民合理构筑新防线，确保大庆油田安然无恙，确保铁路畅通无阻。

漫堤决口，洪水咆哮着从八米多高处狂奔而下，洪水冲出了决口，卷起了八米多高的巨浪，发出震天般“呜……呜……呜……”的鸣叫，刹那间，水天一片汪洋。

“咕咚，咕咚，咕咚”洪水泄下的声音震耳欲聋，巨大的冲击力翻起了胖头泡底沉积了千万年的淤泥，顿时，浓烈的江腥味弥漫开来。

胖头泡漫堤后，被憋了两个多月的嫩江洪水，最终找到了发泄的出口，与胖头泡的水混合后形成一片汪洋，溃口两侧整片整片地坍塌，洪水的呜呜声淹没了所有的声音。

十几分钟，胖头泡漫堤决口已经有一段大坝被推进激流，顷刻间土崩瓦解。

在胖头泡段，从8月12日到8月15日抢险过程中，共出动人员20000多人次，其中部队12000多人次，群众8000

多人次。消耗物资：编织袋200万个，无纺布5000平方米，彩条布20000平方米，面粉1800吨。

刘树歧写了一首诗《胖头泡》：

还没有赶到海里
就已经显示出海的浩瀚
禁锢洪魔的胖头泡江堤
一次次险象环生
终于大堤休克了
人和水对峙
剑拔弩张
大禹的妻子
望穿秋水
谁支持了这场阴谋的泛滥
问伊勒呼里
问长白
森林遭砍伐
植被受破坏
能否是罪恶之源
想昔日辉煌的治洪史
女娲补天
共工筑围
禹岳疏导
皋陶伯益相助

西方的挪亚方舟
载不下东方人的智慧
看明天多么希望
嫩江上游筑起水库
驯一驯狂奔不羁的洪水
别让它再野马操田

◎ 火速撤离险中险

早在 8 月 13 日下午，陈书记开始安排乡领导，指挥低洼乡镇和村屯开始向高处转移。

8 月 14 日下午两点，陈书记一边指挥部队抢险，一边拨通了转移工作队队长陈永发的手机，详细询问了群众转移的情况。

“现在已经撤离了 80% 的百姓，有一些老人十分恋家，说什么也不肯走”转移工作队长陈永发回答。

“必须保证在今晚 6 点之前全部撤离，对过分恋家的人，背、抬，也要让他们走。我马上给你们派 10 名公安干警支援你们”陈书记给负责转移的副镇长王文学打电话。

涛声单调，雨落不停，夜色沉郁得令人忐忑不安。肇源农场大堤上，肇源县委常委、副县长殷志国和大庆军分区的李参谋长站在大堤上，指挥着 67 师，预备役三师 4000 多人扛面袋儿，抢筑胖头泡段子堤。午夜时分，战士们的脚步显出了疲累的样子，副县长殷志国心有所动，便再次将目光投向灌区的窗户，他惊讶地发现水面已经上升到第二块玻璃中部。整个下午，他一直以这扇窗户为参照，观察着水势上涨的情况。他清楚地记得，在他来到堤上的时候，水面刚刚到第一块玻璃的下缘，他凭着多年的农村工作经验在心里暗暗地估算了一下，这一个下午，嫩江水位就上涨了约60厘米。他轻声地对李参谋长说：“但愿今晚能过去啊。”

12个小时以前，黑龙江省副省长王宗璋，省水利厅厅长冯兆英乘坐的直升机降落在肇源县一粮库的院子里。他们来肇源胖头泡一线指挥抢险。县委常委、县防汛指挥部常务副指挥兼县城防指挥部总指挥、副县长殷志国因当过多年乡党委书记和农业副县长，熟悉肇源的地理和堤防情况，责无旁贷地登机，送省领导和水利专家去胖头泡国堤。

省市县领导接上头，殷副县长又接受了一个新的任务，县委书记田凤春指派他到农场灌区处指挥，那里有4000多名解放军和预备役官兵，只有田书记的汽车司机和少数几个人民警察在那里，急需有一名县级领导。

8月15日凌晨两点40分，陈书记站在漫堤决口的南岸，泪水夺眶而出。周围是杂乱的脚步声，心乱如麻，雨密如绸，不知道有多少人在跑，在摔跟头，人们都在飞奔逃命，他却纹丝不动站在大堤上，望着漫堤决口北岸的灯光，他伤心到了极点。

第一个电话打给在农场堤段的党委副书记、新站公安分局局长程勇发，通知他马上安排运输车辆的疏导，以及堤上的解放军战士、民兵预备役和民工迅速撤离。要求他做好溃口以北人员撤退和向前村、龙西村、发展村的人员安全转移。

第二个电话打给在决口南侧的党委委员、纪委书记陈永发，命令加大警力做好低洼处群众的转移工作。

第三个电话打给党委副书记韩凤海，要求他做好受灾最重的四合村、新合村、永安和现在大堤上的人员安全转移，乡村干部组织人员迅速将低洼地段的人员和财物搬出来，能筑坝的立即筑坝阻拦洪水进村。

韩凤海接到陈书记电话后牙关紧闭，浑身发抖，浑身让雨淋得还没缓过来，连忙穿上湿衣服跑了出去。

武装部部长包维一和镇干部韩雪松此时巡堤到四合村堤段，得知胖头泡漫堤决口的消息后，他俩向着胖头泡的古城段跑，边跑边用高音喇叭喊话，告诉大家不要慌乱，往安全地带撤离。这个时候从胖头泡方向跑出来的民工、预备役和解放军混在一起，都撤离到四合村北侧高冈上。只见胖头泡漫堤决口的洪水大浪滚滚，犹如钱塘大潮滚滚而下，大树在水中被折断。天已经有些亮了，包维一和韩雪松听见四合村西南方向有船的汽笛声，他们两个向四合村西南沙冈奔去，韩雪松背着喊话筒，边跑边用高音喇叭喊话，通知大家不要恐慌，在四合村原地待命，等待救援。

当时情况紧急，包维一为了把省、市、县、镇的指示传达到位，记录下了是谁接到的指示，当时有谁在场，汛情就是战情。包括从新站往上一直到古城所有抢险队队员的名单都一一对应记载，当时四合村以下的人已经撤光，新站村35人，旭日村25人，新城村20人，发展村30人，振余村40人，向前村70人，龙西村35人，古城村1人，撤下来的人都有名单。以便统计是否有伤亡。巴彦村和古城村的人们从决口那边撤回村里去了。

省、市、县以及水利局的人站在船上（大捞子）已经靠岸，包维一和韩雪松跑到船上去，王宗璋副省长，省军区副政委、县委田书记、水利局局长和镇党委书记陈立敏，县人民武装部政委刘培东、副部长苗锡宁，科长候俊学都在船上。

田书记开口喊道："解放军都撤出来了吗？抗洪人员有没有伤亡？"

包维一回答："都撤出来了，伤亡情况具体不清楚。"

包维一和韩雪松跑到陈立敏书记身边，看见陈书记眼睛已经无神，望着滔滔的江水发呆。

田书记喊："陈立敏，你们新站镇把解放军安排好，让部队的官兵喝上水，吃上饭"。包维一和韩雪松扶陈书记下船上岸，陈书记扶着包维一恍惚地问："田书记让我们干啥去啊？"

包维一和韩雪松解释："田书记让我们回新站镇安排撤下来的解放军后勤保障。"

漫堤决口后的撤退如同打了败仗，一个个人都是垂头丧气没精神，胆子也变小了，生怕后面洪水上来，大坝塌方了，一个个心里都没底，总觉得自己的位置低洼，总怕洪水马上就上来……

包维一和韩雪松扶着陈书记踉踉跄跄走回到四合村办公室，村办公室院落里已经站满了从胖头泡撤下来的民工，在村附近的房屋檐下，靠墙站着好多解放军，他们纪律严明，一点动静都没有，他们抢险太累了，他们穿着雨衣站着就睡着了，参谋长和政委交流说："我们士兵没有缺员，正在等待上级命令。"

这个时候，村院落里的民工有些激愤："大坝开了，房子和庄稼都淹没了，以后我们怎么生活？"

包维一一边安抚其他村撤下来的民工，一边说："我这里有军用地图，四合村还要安排解放军，你们可以走村东头的大坝到辽源大冈子上就安全了，让村里来人把你们接回去。"

民工情绪稍稳定些，包维一开始清点人数、登记姓名，民工们陆陆续续撤走了。陈书记让包维一联系村干部安排解放军吃饭和休息。

这时镇长王玉辅过来让包维一找村干部，他们几个人来到四合村的西头，看见村主任邹海军这个红脸大汉捂着脸号啕大哭："完了，这地全淹没了，房子也倒了，以后日子可怎么过呀！"

王玉辅镇长对着邹海军喊道："邹海军，你别哭了！快去村办公室安排撤下来的解放军吃饭休息！"

王镇长说话态度强硬，邹主任也没理睬他一直在哭，这时聚集了很多年轻力壮的四合村农民，看见王镇长在责令邹主任都急眼了，有个村民喊道："这个家伙是干啥的？这么训斥我们村主任？”

村民看见村主任邹海军一动不动始终在哭，包维一他们跑到村支部书记家，曲书记拄着大木棍和他们一起回村办公室，只见院子里解放军队伍整齐排列，要求每户村民领回8到10名解放军战士安排吃饭，村民没人讲话都不吱声站在那里挺着。这个时候一位七十多岁的老人看着哭了喊道：“这些当兵的还都是孩子啊，我宁可自己饿死也让解放军吃饱饭，到我家来10个20个都行。”

紧接着村民们争先恐后地把解放军带回自己家去吃饭了，参谋长和政委拉着包维一的手说：“谢谢你们。”

两位解放军首长把身上的救生衣脱下来交给包维一和韩雪松，你们抢险队以后还能用得上，包维一接过来鞠躬表示感谢。

都安顿完了，曲书记邀请大家去他家吃饭。陈立敏、王玉辅、副书记王作林等近二十人到曲书记家吃饭。这个时候开铲车的大个子来了，说：“我是河道管理处临时征用来的，我也没处吃饭呢。”王玉辅镇长也一改刚才的不愉快，说咱们一起吃吧。大家都在曲书记家吃的饭，包维一和王镇长他们在炕上一桌，陈书记此时因漫堤决口压力过大，在地下的桌子上吃了一口就走到曲书记家西墙边，看洪水涨到什么位置了。

解放军战士吃过饭，把老乡家院子扫得干干净净，缸里挑满水。村西大江边来了几条驳船汽笛长鸣，解放军又出发了，他们一队队举着红旗，喊着口号，唱着嘹亮的军歌，威武雄壮，他们向下游骆驼脖子方向赶去抗洪抢险。

村民被军人这种无私奉献的精神感动了，在不停地招手，默默地擦泪。

送走了解放军，包维一和陈书记说要赶到靠山去，陈书记问："你们怎么去？"

包维一说他有办法。陈书记嘱咐包维一说："胖头泡洪水已经上来了，现在大坝里外都是水，你可要小心啊。"

包维一和韩雪松两个人骑着摩托车蹚过齐腰深的水，抬着摩托车过了沟渠，顺着大坝回到靠山村。

胖头泡漫堤决口之前，农场泵站附近满路都是人，满路都是车，拥挤着还没有走到指定地点，副县长殷志国就想到了一个至关重要的问题：疏导交通。他马上打电话，让县公安局马上派30名警察来疏导交通，维持秩序。半个小时以后，公安局副局长孙守志就带着30名干警赶到开始工作。

"这水好像是撤了！"凌晨两点左右，李参谋长突然指着窗玻璃说。殷副县长连忙又去看窗玻璃。果然看出那水位是降了十几厘米的样子，真的是降了。

电话就在这个时候打进来，是县委书记田凤春的声音："胖头泡已经漫堤了，马上安排部队和抗洪车辆转移，千万保证不死伤一人。"

"保证完成任务。"副县长殷志国对着话筒清晰地回答。随即，他马上给公安局副局长孙守志打电话，通报了胖头泡漫堤的消息，指示他带领警察，组织大堤附近的运输车辆马上撤离。就在他挂掉电话回头的瞬间，看见有一些预备役战士向远处的肇源农场方向跑去，李参谋长大声喊他们回来，可是那些人根本听不到他的喊声。不好，心里暗叫危险的同时，殷副县长飞快地摘下话筒，大声地说：“同志们，大家不要乱跑。我是肇源县副县长殷志国，我熟悉这里的高地，只有顺着国堤走才能安全脱险，在道上的人马上回到堤上来，洪水马上就会淹没这条柏油路，大家听我统一指挥。请大家保持镇定，不要乱跑。”飞跑着的人们停住了脚步，回到堤上来了。部队开始集合点名。

殷副县长一边和部队首长商议，一边看身边的工作人员。他看到了林业局的干部李明忠和刘长胜，还有几名公安干警，就把他们叫到自己身边，让他们给部队当向导，分批出发带部队撤往肇源农场六队高冈。半小时以后，战士和群众都撤离了，大堤上只剩下肇源县副县长殷志国、大庆军分区李参谋长、县公安局副局长孙守志、几位司机和肇源县及部队领导的六台汽车。此时洪水从南侧涌向他们眼前，如万马奔腾般咆哮着。

一直到脚踏上胖头泡大堤，王传志还有点懵懂，心里百感交集，什么滋味都有。

几个小时前，公安局接到了县防汛指挥部副总指挥、副县长殷志国命令：派 5 名警察马上奔赴胖头泡堤段维护秩序，分发物品。

“姜乐冬，刘敏岩，李维，王明和，还差一个……”最后，留守的领导想到了王传志。

王传志是内勤，不轻易外出执行任务。尤其是夜间执行任务更是头一次。一方面说明前方紧张需要人，一方面也说明后方空虚派不出人来了。他们已经是第二批了。第一批是前三天上的，现在还在堤上。

胖头泡堤已经到了最危急的时刻。堤上的解放军和武警部队开始整队。预备役民兵在乱喊乱叫，胆小的民兵开始悄悄地撤退。

食品就是在混乱中被分发一空的。

殷县长命令："在场的干警各带一路部队向高地撤退。"

天黑得伸手不见五指，雨下得浓密如绸。大堤上泥泞难行，一步一拔陷。大堤外，洪魔狂啸，一排排的大浪不断地拍打着堤上人们的脚踝和小腿。

王传志走在解放军队伍的左前方。他是第一次到这里来执行任务，也不认识路。但他这时不敢说不认识路，副县长的命令是军令。虽然洪水已然占了上风，大有随时可吞没一切的架势。部队却看不出一丝一毫的慌乱，他们排着整齐的队伍，跑步行进在王传志的身边。

王传志凭着直觉带着部队顺着大堤向北撤离。其实真没有别的路可走，堤内是水，堤外是更大的水，只有中间泥泞黑乎乎的一条，那是尚未完全被冲垮的大堤，是通向生的希望的生命线了，身后惊涛裂岸的声音，洪水飞泻的声音震耳欲聋，如同死神在身后追赶着人们。此时，王传志已经没有时间去恐惧了，更没有意识到这是同死神最后的竞争，心里想的就是快跑，快跑，完成领导交给的这一特殊任务。

司机们开始发动车辆，向人们离去的方向撤退。

抗洪群众都从坝上向北撤离，他们跑啊，跑啊，虽然速度不如开始撤离的时候那样快，但身后的呜呜水声却越来越小了，奔跑的人们心想：听不见水声就相对安全些了，终于躲过了漫堤决口这要命的一劫。

天渐渐亮了，视野逐渐清晰了，农场六队一个洪水上不去的高冈，正在不远的前方。

◎ 水中救农场职工

新站公安分局局长程勇发带领民警指挥大家安全撤离完，他和司机是最后从农场泵站撤离的，暴雨依然下着，大坝被洪水两面夹击，泥泞难走。车轮左右打滑，司机把全身的劲都用在控制方向盘上，眼睛死死地盯着前面一条窄窄的不是路的路。谁心里都明白这个时候稍不注意，车就会偏离路线翻滚到水中。坝上的深坑不时把车轮卡住，小心再小心，他们的车刚上农场大坝就滞行了。

雨点砸在脑门上，冰凉冰凉的。洪水越过农场灌区的灌水渠，直奔农场一队居民区就上来了。道上跑着两个人抬着狐狸笼子，女的怀里还抱着一个孩子。涌进的洪水发出呜呜的鸣叫声，眨眼的工夫，水就没到胸口，程勇发忍着腰疼跳下车游到他们跟前，让他们放下手里的东西，赶快往岸上游。一把拽住抱孩子的女人游到岸边的一个车斗处，女人赶紧爬上车斗，对着男的嗷嗷哭，程勇发折回来救那个男的，程勇发游到他身边让他赶紧撒开手里的狐狸笼子，抓住他的上衣领子，带他游到车斗，这才看到他始终没撒手，把一笼子种狐也带上了。

司机责怪他："你连命都不要了，在水中两次让你放下狐狸笼子怎么还不撒手呢？"男人低头不吱声，这两个人帮着推车，好不容易车才从深坑中冲了出来，带上一笼子种狐上车，刚启动汽车，司机听到狗叫声，也没在意，到了农场六队高冈下车时，司机才看清那个女人身上抱着的哪是孩子分明是条小狗崽。他们下了车司机说："这俩人真有意思，舍命不舍财。"

"一家人靠养狐狸过日子不容易，狐狸就是他们的命根子。洪水过去了，日子还得过。"程勇发同情地说。

◎ 激流遇险大救援

在副县长殷志国喊话之前有一支300多人的队伍正顺着通堤路往肇源农场方向撤离，有群众、解放军战士和抢险队队员。镇干部赵彦军走在队伍最前面，风刮的人心惶惶，妇女老人孩子都在卡车斗里站着呢，这三辆卡车伤痕累累，驾驶室的门都没了，开不快，赵彦军耳朵里总能听见"隆隆"的水声，他让不会游泳的男人上卡车，这车就更慢了，他不时地四处张望，刚到半路，洪水就从路的左侧劈头盖脸的扑

来，顷刻间，走在最前面的赵彦军就被洪水裹倒了，5分钟后，洪水已经淹到了卡车的车厢，赵彦军爬起来喊：“快往卡车上爬。”水势越来越猛，卡车的轱辘上都是脚，东侧的路上有人在跑，赵彦军怕他们出意外，冲他们大喊：“往这来，往这来。”卡车上没地方了，赵彦军领着这些人都集结到路边的一片杨树林里，杨树林里也有半米来深的水，一清点人数50多人。水还在涨，“爬树，没别的办法了。”这些人纷纷上树，有位老大爷抱着头一声不吭，蹲在水里一动不动，赵彦军一把背起老人，用编织袋紧紧捆在一起，抱住了一棵大树就往上爬，双腿紧紧夹住树干，爬到一根树杈上，把老人解下来，他腿抽筋了，疼得从树上摔了下来，一直坚持到天亮救援船到了，他们才安全获救。

微弱的晨光中，远方的大坝中部雾气腾腾，与此同时，“哗哗”的流水声隐隐约约传了过来。正在农场泵站疏导车辆的肇源公安交警大队副队长徐永庆心神不宁，李忠生也不时抬头看看大坝，这时徐永庆的手机响了，里面传来了上级的指令，大水已经漫过胖头泡国堤，立即组织车辆转移，保障人员安全。

他们已经连续工作了32个小时，刚要进车里坐会儿，手还搭在车门把手上呢。这突如其来的消息使徐永庆的脑子一下子清醒了：不能慌，稳住，此时司机们还不知漫堤的事，不能把前线已经失守的消息漏出去，司机们也在连轴转，早已疲惫烦躁，保不准知道信儿后是什么反应，狭窄的土路，上千台车要是没个秩序，那后果不堪设想，眼下得稳住局面。他举起话筒大声喊："驾驶员同志们，前方江堤上的物资已经够了，不用再送了，现在所有车辆马上调头，后车变头车，把物资送到新站镇，集体待命！"

司机们有的在车里打盹儿，李忠生敲着车玻璃，徐永庆拿着话筒在车间穿行，司机们活动活动筋骨，嘴里抱怨着："物资足不足也没算明白，在这耽误了半天工夫，别的段还着急用车。"大大小小的车辆一台台地起动……三名交警分兵把口，从低洼处开始，指挥着一台台车有序地撤离。

30分钟后，洪水已经来到眼前，此时，还有十几台车没有撤走。司机们已经知道了真实的情况，一台车在路上熄火了，他后面跟着七八台车，司机急得脑门淌汗，三名交警蹚着泥水，弓着身子，"一二三，一二三"地喊着号子，一步，两步，三步，一直推出了20多米，马达终于沉闷地响起来了，司机把油门踩到底，所有车辆安全撤离。司机们短促的按喇叭表示感谢。

目送车队离开后，公路上此时只有他们三名交警了。洪水翻着筋斗涌上来，他们爬上了路东的高冈。爬上才发现这个冈地被挖空了，三面都是深深的取土坑，眨眼之间，洪水就就把他们包围了，不紧不慢地往上涨，没过了他们的脚面，没过了他们的小腿……寒风一阵阵地袭来，浑身透湿的三人背靠背，互相取暖，互相支撑……

太阳终于出来了，营救的船来了。

8月15日上午10时，听说永安村南泡子泵站有人被困，正在西下坎维持秩序的民警曹长江和船工乘小船向南泡子泵站驶去。风浪挟着小船，一会儿被抛向一米多高的浪头，一会儿被甩得原地打转，“这水是知道你去救人的，帮你省力气呢，不用你划啊。”曹警官的风趣缓解了船工的紧张，一个小时后到了南泡子提水站，提水站的石台子都上水了，围困的老人捂着脸躲着卷起的浪，张着嘴巴，却听不见说话声，曹警官手脚并用爬上石台子，背起老人就往船上来，船工伸胳膊接过老人，曹警官跳到船上。水随着就涨到提水站的窗台了。他们返回途中听见有呼救声，顺声而去，地里的窝棚顶上有个妇女抱着一个孩子，窝棚的外柱脚东西晃悠，曹警官跳下船蹚水来到窝棚前抱住柱脚，让妇女把孩子骑在他脖子上，小孩懂事，小胳膊紧紧抱着曹警官的头，腿夹得他脖子都喘不上气来。妇女看孩子得救了，自己背过身扒住棚沿往下出溜，孩子看妈妈也脱险了，咯咯地笑了，这温情的一幕让曹警官觉得所做的一切都是值得的。

赴前线指挥抗洪抢险的县委常委、副县长殷志国，副县长孙德军和部分公安干警和群众、解放军官兵7000余人及十几台抢险车辆被围困，一部分约3000人在南段四合村和胖头泡堤段上；一部分约4000人在北段肇源农场六队。

县防汛指挥部火速派出5艘船只前往南段解救，船靠岸后，在副县长殷志国和孙德军指挥下，人员和车辆井然有序地登上救援船只。北段撤往农场的4000多名解放军和干部群众无一人伤亡，车辆无一台损失。

◎ 王二嘎独坐管涌

胖头泡漫堤决口后，决口南段的解放军官兵和堤上的抢险队队员，还有前来支援的各乡镇的抗洪抢险突击队员，近6000人紧急撤离。

由于前来抗洪和支援的解放军不熟悉当地的道路环境，包维一指挥大家顺着国堤安全撤离，胖头泡段漫堤决口，造成整个胖头泡、四合村段背水坡来水，只有铁路北段是独立的区域，保护着靠山村4000亩耕地。

胖头泡段和四合村等胖头泡洪水能到达堤坝背水坡的堤段，已经不用防护迎水面了，而铁路北有5000米堤段还不能撤人，重点保护靠山村部分低洼地段居住的农户和4000亩稻田。

当时，虽然是远隔几十里的胖头泡漫堤决口，没有人经历过国堤漫堤决口，不知道漫堤决口水会淹到哪里，人心惶惶，不知道哪里是安全的，都往靠山村最高的大冈子上跑。

铁路北靠山村段上有几百人在堤上抗洪抢险，有人听到胖头泡漫堤决口的消息，首先都往家跑，把家搬到安全地带，有的要回去帮亲属朋友搬家的，乱成一团，当时江水虽然在撤，但大坝仍险情不断。

从7月6日，第一号洪峰进入铁路北段，全体干部群众迅速进入一级战备状态，分兵把口，落实责任，王二嘎主动承担了靠山村800米的险工弱段的防汛值守任务，24小时吃住在堤上，和村干部研究制定抢险预案。做到有备无患，有惊无险。他每天都坚持巡回在大堤上，做到心中有数，有时半夜刮风下雨，他就立即起来和抢险队队员进行巡回检查，发现险情就同抢险队一起跳入齐腰深的水中运送土袋子、钉木桩、压草笼，哪里有险情，哪里就有二嘎子的身影。有一次晚上 9 点多，刚刚冒雨巡堤回来的他正在拧被雨水淋湿的衣服，忽然传来浩德乡堤段告急的消息，他马上就和刚回来的抢险队队员冒雨开两台四轮车，拉着防汛物资，30 分钟内赶到抢险堤段，迅速投入到了抢险的战斗中，直到险情排除后，他们回到堤段已是凌晨一点多了。

当一号洪峰顺利通过嫩江靠山村堤段后，镇领导坚持让王二嘎回家看看，他已经一个月没回去了，他说："第二号洪峰又要来了，我还是等洪峰过去再回家，这么多年了，防汛工作我有些经验，让我回去，我心里不踏实。"

王二嘎让涉及到转移搬家的人先回去，段上只剩下几十个人了。接着又有几个人说自家老人在镇里低洼处居住，必须回去把老人从即将淹没的区域中撤出来，没办法只好让他们回去，堤上只剩他一个人值班。

8 月 15 日凌晨 3 点多，从胖头泡撤下来的先头部队途经四合村的堤段时，镇长王玉辅问士兵前边发生了什么情况，解放军士兵都说不知道，王镇长预感是胖头泡决口了人员撤离，当预备役官兵撤下来时他认识一个连长，才知道胖头泡漫堤决口了。他给陈书记打电话，电话始终占线，给县委田书记打电话也始终是占线。

大雨滂沱，江水陡涨，整个防汛段上的人都走光了，只剩王二嘎他老哥一个，越想越难受，索性自己去堤上巡堤缓解一下心中的压力。胖头泡漫堤决口靠山村这边水就开始撤了，不然铁路北 20 年一遇的堤坝怎么也无法抵挡 300 年不遇的特大洪水。天刚蒙蒙亮时，他发现背水坡有泉眼翻花，呼呼地冒着浑水，他知道这是管涌，必须得派水性好的人在迎水坡潜入水中找到管涌处，然后下土笼实行压堵。

此时没人手，没有对外联系的手机，王二嘎只好用常规的办法，搬来几个草包袋子压上，可过了一阵，水把草包袋子里的土冲没了，水的颜色又变浑了。防汛经验丰富的王二嘎知道出浑水管涌危险性远远大于出清水的，必须马上把浑水处理好，否则溃堤就在眼前。一会儿草包袋子就被水冲下去了，他捡回草包袋子，又压上两个装土的袋子，过一阵子又被冲的只剩草包了。这时候回去找人已经来不及了，况且胖头泡刚刚漫堤决口，哪还有人敢来这岌岌可危的大坝，刚才那些人明明没有搬家任务，都找理由回去了，不就是害怕大坝出危险堤毁人亡吗？指望着这些人是不行的，只能越耽搁大坝越危险。他急了，自己坐在草包袋子上，这回把管涌中的土被草包袋子过滤在堤坝里，水流又变清了。

他坐在管涌上一直等到天快亮了，民兵预备役部队换防时才把管涌封堵住。

第五章　专机飞悬救灾民

溃口以南的解放军、预备役、各责任段的干部群众和附近乡镇前来支援的人数将近6000人，包维一接到指令后通知各责任段的带队人员，要求迅速撤离到四合村一部分、辽源大冈子一部分，其他人员转移到海拔最高的靠山村高冈上。

◎ 打捞“尸体”还真相

8月15日凌晨两点30分，距胖头泡漫堤最近的四合村大喇叭响了，村书记曲洪仁在大喇叭里喊：“各家各户注意了，胖头泡段漫堤决口了，低洼地块的住户都马上转移到东冈上去，段上民工撤回来都去帮搬家，住在洼处的马上搬家，大水马上到了，赶紧都搬到冈上去，再重复一遍，胖头泡段漫堤决口了，大水马上到了，住在洼处的马上搬家，赶紧都搬到冈上去，屋里一个人也不能剩。”

永安村的广播一遍又一遍地播放，让低洼处人员马上转移。唯独没有听到辽源村的大喇叭喊人员转移到高处去的广播，辽源村有三分之一近 200 户住在洼处，怎么办？已经安全转移到靠山的韩凤海，一路上始终没听到辽源村的广播响，给辽源村的书记刘庆春打电话关机，打传呼不回话。

镇干部赵献涛带领抢险队队员在四合村和辽源村村中间的小坝上值守，小坝 400 来米，胖头泡漫堤时他正带领新合村 130 多人在段上抢险，韩凤海给他打了几遍传呼，他也没回复，韩凤海急得跟热锅上的蚂蚁似的直转圈，一打听，他负责的段上没有人回村。这可急坏了韩凤海，段上 100 多人呢，他赶紧让镇里的厨师于维川去段上通知赵献涛，告诉他赶紧撤。半个小时过去了，也没有于维川和赵献涛的信儿，韩凤海不放心，赶紧拉上镇组织委员李曙光，俩人一起往辽源村走。半路上，看见前面来了三辆马车，车上装的无纺布和编织袋子，赵献涛看见韩书记从马车上跳下来。

“你咋不回传呼呢，找不到你们，可把我们急坏了。”韩书记关切地问赵献涛。

“韩书记，我收到你让我带人往靠山村撤离的信息了，我没有手机没法回复。我把段上的百姓都召集到跟前的丁二冈子上避险，我看见背水坡土坑里有成捆的无纺布和几万条编织袋，还有十几捆铁线，洪水一上来会被淹，我把这些物资都运回来了，不定啥时候就能用上了。”

“献涛，看到你我就放心了，我担心你那百十号人的安全啊，你小子还不是空手见我，好样的！”韩凤海使劲拍着赵献涛的胳膊说，“献涛，你和我们一起去辽源村吧，我始终联系不上刘书记。”随即赵献涛转过来和他俩一起往回折返。

这点防汛物资是赵献涛指挥收集回来的，和他一起搬运防汛物资的村民们就打算坐地分了，说：“这都是部队不要的，水来了就顺水走了，家里头不定啥样呢，现在我们都成了灾民，这些东西从水里抢出来的，就算是救济灾民了，行吗？”

“不行，这些都是防汛物资，谁也不能往家里拿。”赵献涛斩钉截铁地回答。

“赵献涛队长，赶上你家是铁秆庄稼了，不愁吃喝，我们跟你在段上干好几十天了，家都没回一趟，我开来的三轮车轱辘都报废了，谁给我换？反正我得拉回去一捆无纺布。”

“谁如果拿走一条编织袋，属盗窃防汛物资，我帮扶你们村，你们的难处我都知道，放心，政府不会让老百姓吃亏的，你们要是吃亏我第一个不答应。”赵献涛说完眼圈都红了。

韩凤海、李曙光和赵献涛他们仨是又困又饿，胖头泡漫堤决口，几万亩的庄稼连顶都看不着了，都是土生土长的新站人，心像被拽走了一样的难受，三人也不吱声，闷头走。天灰蒙蒙下着雨。他们强打精神硬挺着走到辽源村，他们先到村书记刘庆春家，赵献涛去刘庆春家园子里摘了些柿子和茄包子，看刘书记爱人也没心思做饭，他们就生吃了，挺管饱，他们吃了几个柿子感觉浑身有劲了，走到村委会，韩凤海吩咐:“赶紧大喇叭通知各户，村中心道道南的低洼区住户全部撤离到中心道以北。堤上人员都回村里帮助搬家，挨家挨户敲门，岁数大的舍不得搬的，先把人背走，东西啥的回来再搬，看看村野外地里窝棚有没有住人的，有的话赶紧撤出来”

这时，一名村民跑过来声都变了:“泵站东侧水上漂过来一具‘尸体’，穿救生衣的，不知道是不是解放军呀。”

韩凤海寻思会不会是决口时失踪的解放军啊:“走，到现场去看看！”

“马上把水里的人捞上来。”到了泵站东侧，韩凤海边喊边跳上了机船。

远远望去，水面上有个黄色物体随江水起伏时隐时现，还穿着救生衣呢，黄色救生衣特别醒目，上面写着“武警”两个字。发现“尸体”后，韩凤海马上和陈书记汇报，陈书记和县防汛指挥部报告，得到的指示是马上打捞“尸体”。

正当机船要靠近“尸体”时，机船突然打斜，失去了控制，原来是附近打鱼船的挂网缠住了掌握机船方向的卡扣机，这里正是灌区泵站出口，水流和洪水水势走向交汇处，成了个大旋涡，失控的船顺着水流冲进了旋涡。“快把卡扣机放下，给我死死地把住了”船头栽进了旋涡，船头被旋涡的浪花冲得稍稍翘起来了。“大家都听我指挥，都往船尾去，船头只留一人淘水，人都到船尾来。”

船尾进满了水，船开始下沉，大家齐动手淘水，即将沉没的时候，韩凤海、李曙光、赵献涛跳进水里，三人拽住船帮，顶住，不往旋涡里卷，船上的两人拼命往外淘水，船在水中慢慢地浮起来了，三人陆续上船才脱离了险境。

“这太危险了，我们往北绕大圈回去吧。”清除完挂网的船工提议。

“咱们得回去，这水势也太危险了，这小河沟子怎么这么危险啊。”老渔民说。

“不行，我们必须把人捞上来，这是防汛指挥部给我下达的死命令，如果你们觉得太危险，那你们在这等着，我自己游过去。”韩凤海干干脆脆地说。

看到韩凤海这么执着，老船工叹口气，把船慢慢地靠近“尸体”说：“就这水势，你下水就是死路一条，还想游过去？”当船驶到旋涡附近时，发现那具“尸体”正在旋涡处旋转，老船工用竹竿一捅，“尸体”顺流而下。

当船追上去把“尸体”捞上来，将其翻个身才发现是个人体模型，是部队指导士兵正确使用救生衣的教具，真是虚惊一场，韩凤海马上把打捞“尸体”的情况向上级如实进行了汇报。

从溃口处往南的南段，堤上近6000名解放军官兵、武警部队、民兵预备役官兵，还有各乡镇来支援的干部群众全部安全撤离，无一伤亡。

◎ 田凤春决口救人

田书记和堤上的民工、解放军一样，两天一夜滴水未进，嗓子哑得说不出话来，两眼通红。一连三天三夜没有脱衣服，没有睡觉，穿在身上的衣服湿了干，干了湿，雨水汗水混在一起，泛起白花花的碱，工作人员从车里找出几袋面包，几瓶矿泉水，让领导赶紧吃一口，田书记看着堤上的男女老少，推开了，“他们有吃的，我才吃”。田书记哭了，堤上的人也哭了，“我们共产党员从群众中来，到群众中去，有危险时要冲在第一线，下水里当人墙，共产党员第一个跳！”

县委书记田凤春无论如何也不愿相信眼前的事实，胖头泡堤段开口子了，50多天来，他和县长东挡西杀，组织全县干部群众打退了一次又一次洪水的进攻，使整个嫩江堤段安全度过了一个又一个的洪峰。预备役部队、武警部队、人民解放军部队都来了，这些都让他及所有肇源人甚而大庆人都坚信大堤可以死保。每个人都深知死保大堤的意义：肇源位于大庆地区的前沿，是阻挡洪水进入大庆的第一道防线。保大堤就是保肇源，就是保大庆，其意义重如泰山。

然而，洪水不可思议地持续上涨着，涨过了1957年，涨过了1969年，又涨过了1969年的两倍，现在洪水高度还在涨、涨、涨，涨到了历史最高水平，仍然不肯停歇。似乎全世界的水此时都在这里集结。抗洪的人们寡不敌众，这是现实，必须直面，无可逃遁。

堤外的洪水被憋了多日，终于找到了发泄的出口。十多米高的浪头从溃口处喷涌而出，与堤外的洪水混合后顿时一片汪洋。溃口处的两侧堤岸整块整块地坍塌，分崩离析。甚至整段的堤基也被推开端掉，隆隆的巨响声盖过了所有的声音。

田凤春站在决口的一端，泪水汹涌而出。他纹丝不动地站在大堤上，大堤的死保已经失败，痛苦是无法形容的，责任却使他保持着清醒。他从秘书手中要过手机，打出了至关重要的三个电话。第一个电话，打给在肇源农场堤段指挥的副县长殷志国，通知他马上安排运输车辆的疏导和堤上抗洪的解放军战士、预备役官兵和民工迅速撤离；第二个电话打给在县防汛指挥部坐镇指挥的县委副书记盛峻峰，命令加大警力做好新站低洼处群众的转移工作；第三个电话通知浩德段的副县长孙德军，速调防汛艇到胖头泡段，解救堤上的人员。打完三个电话，周围已经没有了嘈杂的脚步声，说明人群已经撤远了。水声越来越大了，那是崩岸在向眼前逼近。

“还有没有人了，谁还没有走？”没有人回应。

许凤辉的声音又急又哑。

陈绍明喊他：“省、市领导已经决定撤了，快走啊。”

许凤辉这时才从后面赶上来，肩上扛着一个鼓鼓囊囊的编织袋。

一位军人跑过来：“你扛个什么东西？快扔掉。”

“不能扔，这是摄像机啊，十好几万。”许凤辉回答。原来他落在后面是回帐篷里取摄像机去了。怕雨水把机器打湿了，他在帐篷里一连套了5个丝袋才出来，耽误了一点时间。

“忠智、立敏、绍明、小韩、王永杰、许凤辉……”黑暗中，田凤春一个个点着名字。

“在！在！在！”一声声回答短促而又清晰。当时有21人在堤上，其中有12个是肇源人。大家互相搀扶着沿国堤撤离。

“小王、小韩、绍明，挨个窝棚看一看，别让睡着的人落下，喊，大声地喊。”田凤春不断地叮嘱着身边的工作人员。

韩丙臣、王永杰、陈绍明打着手电和新闻灯一个挨一个地查看着帐篷，一遍又一遍拼命地呼喊着：“还有没有人？快走！”几个民工听到喊声，迅速撤离。

所有堤上的帐篷里面都没有人了。他们还是一个个地看，一遍遍地喊着。

“三哥，三哥！”突然，龙西村村民徐发从黑暗中奔回来，大声喊着冲向决口。田凤春死死拦住他，“快撤，真的没有人了。”徐发顿了一下，看清是田书记，知道不会骗他，才随着大家撤退了。

40多分钟后，决口已经近百米了，崩岸一点点地向他们的眼前逼近，他们一直不停地呼喊。直到确信堤上确实没有人了，他们才撤离。在他们的身后，又一段大堤陷入激流，顷刻间土崩瓦解。

胖头泡漫堤决口人员全部撤离后，抗洪军民的铮铮誓言依旧在回响，田书记一行人蹚着泥水走了两个来小时，才乘上一条小船，在风大浪急的“汪洋”中，他们漂流了12个小时才得以在县城靠岸。

◎ 水头救出枣红马

8月15日上午，天阴的能攥出水，雨还是一阵一阵地下着。军区姜政委带领两位部长和集团军军长，乘直升机冒雨飞行，沿肇源国堤段查看水情。

上午9点，直升机降落到靠山村段国堤与村屯交会口，这里的车辆过往频繁，都像是在泥塘里滚过似的，车的颜色都看不清，路口地势较低，胖头泡漫堤决口后，洪水顺势就淌到这里，解放军司训大队500名官兵正在这里抢筑堤坝，军区姜政委是来看望抗洪抢险官兵的。

姜政委到来之前，解放军官兵和当地干部群众为了防止胖头泡洪水在国堤背水坡反扑，都在抢修堤坝险工弱段。

远远望去，胖头泡决口的洪水像脱缰的野马，以排山倒海之势，打雷似的呜呜就往靠山这边翻滚，水头约有二三米高，靠山村北部地势开阔，没遮没拦的，洪水所过之处，水越过土房窗台之后冒起一股烟，房就倒了。洪水水头的压力特别大，水流大的地方，洗脸盆粗的大树顷刻间就被连根拔起，所过之处桥涵被毁，房倒屋塌，满目疮痍。

村民说："这洪水没有边儿，土房一冒烟儿，就剩电视杆儿。"

一些村民看水来了要去地里掰苞米，取农田里的水泵和农机具，镇村干部和解放军拦在村口。村民张三哭着喊着要去牵马，他跪在村口直磕头："我的枣红马是我爸留给我的，一家十几亩地全靠它了，我拴马的地方在大洼子里，那块草多，我也是为了它能啃饱啊。水还没到那，离马挺远呢，求求你们就让我过去吧，我会水，马要是让水淹死了，我家那几口人也没法活了。”

他想从镇村干部的胳膊底下钻过去，被拦了下来，倒在地上就开始打滚撒泼。看热闹的村民也劝他只要是人没事，日子慢慢就能好起来。

水头很快接近了枣红马，马有灵性，知道害怕，冲着村子的方向打响鼻，啾啾地仰头叫。水呼啸着，枣红马尥蹶子转圈，缰绳抻的绷直，缰绳勒进马脖子里，拴马桩纹丝不动。张三见水漫过去了，号啕大哭，哭得大伙心里特别难受。

一个小时后，村头传来了张三的喊声，哭声里还掺着笑声：“谢天谢地，谢天谢地，我的马自己游回来了！”

“啥？张三的马是白龙马，自己能把拴马缰绳解开？”大伙顺着张三手指的方向看去，一匹枣红马还真在水里头游呢，马背上还驮着一个黄色编织袋子，游的还挺快，张三扑腾就下水去牵马，这可不是啥编织袋子，是人，还穿着救生衣呢，张三把穿救生衣的人抱到大坝上，放在地上就按胸口，拍打脸：“醒醒啊，解放军同志，醒醒啊，我的大恩人！”

村里的赤脚医生边往这跑边喊：“掐人中，掐人中”，掐了一阵人中，穿救生衣的人慢慢醒过来了，他脸色青紫，牙关紧闭，脉象弱，左手攥得死死的，把手掰开，里面是一枚黢黑的铜钱，是他家祖祖辈辈传下来的。“赶紧控水，把人扶起来，敲后背！”

“二嘎子！你小子没死啊！”人群中跑过去一个人抱住穿救生衣的二嘎子就哭：“老天爷开眼了，开眼了！”他是负责靠山村堤段的陈万祥，决口后他们今天早晨撤回靠山村待命。

二嘎子缓过气来和陈万祥抹泪：“二叔，是这两件救生衣和这匹枣红马救了我。”

二嘎子和陈万祥讲起了昨晚的事：“早晨民兵预备役士兵换防，我才从管涌上下来，他们处理管涌时，我又饿又困，让他们帮我找点吃的，预备役士兵安排一名队员送我去泵站吃饭休息，看见泵站有很多面包和火腿肠，就让他们匀点吃，分给我一袋面包和四根火腿肠，看我冻得直哆嗦就顺手扔给我一件救生衣，我穿救生衣就暖和多了，我说再给我一件救生衣吧，穿上真暖和，我把两件救生衣穿上后感觉特别暖和。我刚咬了一口面包，就听有人喊面粉漂过来了，我跑过去跳进水里去捞面粉，我把水里的两袋面粉捞上岸后，才发现救生衣的用处，穿救生衣在水里比新开口救韩凤海那次空矿泉水瓶子好使多了，穿上两件救生衣人在水里怎么扑腾脚也不会着地。我看见不远的水中还有一袋面粉，由于我不会游泳，在水里瞎扑腾费了好大劲游到跟前，我牵着面袋子正往岸边游时，泵站那块被水冲出一个缺口，水流瞬间反向加大，我被水裹着顺流往东漂去。这大水就把我冲下去了，几个浪就把我拍迷糊了，等我醒来时自己在水里漂着，幸亏抓住了一个面袋子，我就抱住了，面袋子翻滚，我就跟着滚，冻的鼻涕都淌出来了，我就在水中漂着，到哪算哪了。我当时想：这在新开口坐了一宿管涌没牺牲挺幸运的，图小便宜下水捞袋面粉还是没躲过这一劫，也许是命中注定的，我扯下胸前的铜钱攥在手里，心想可不能让这传家宝打水漂了。当我一阵清醒一阵迷糊的时候，模模糊糊看见有匹马在水里转圈游呢，我擦了一下眼，抓住缰绳顺势过来按着马头，就把缰绳解开了，我自己养这么多年马，头回解拴马扣这么利索。把绳系在腰上，老马识途，枣红马带着我回家，我得感谢这匹识途的枣红马。”

极度虚弱的二嘎子慢慢站起来，陈万祥扶着他非要再看看这匹枣红马……

陈万祥马上报镇防汛指挥部：凌晨胖头泡漫堤决口后在泵站失踪的王二嘎，已安全地返回到靠山村。陈立敏说：“今天凌晨胖头泡漫堤决口，我们新站镇没有出现一人伤亡，万幸啊。”

◎ 将军专机救灾民

8 月 15 日上午 10 点 30 分，雨还没有停的迹象，姜福堂乘直升机察看铁路北、四合村、胖头泡段水情，查到胖头泡时，国堤内外一片汪洋，白茫茫的，放眼数十里见不到土，混浊的水面上漂着房屋的檩木、柴草垛、苞米叶子、溺死的牲口 。姜政委不忍心再看。

上午 11 点 15 分，当直升机飞临受灾最重地区农场上空时，李军机长喊：“政委，水里有人，向我们求救呢！”机翼下，木排上的民工正跳着向直升机招手，挥着手里的口袋。直升机上没有救生设备，围着民工盘旋了几圈，考虑民工被困的时间、身体条件，没敢贸然扔下绳索。姜政委命令李机长：“尽快寻找着陆地点，设法找到救生设备后返回，把落水民工救上来。”姜政委喊话“老乡们，别害怕，我们去取救援设备，马上回来，不会放弃你们，相信人民子弟兵！”

时间就是生命，直升机在找可以降落的地点，在离出事地 15 公里的地方发现了一所小学，操场还挺平整，决定在小学操场上降落。停稳后，最先下来的是兵种部部长滕建华，之后是姜福堂政委、机械师张凤岭和军士长陈祥强，最后面是装备部部长荀振江少将、23 集团军军长柳凤举少将，飞行大队队长李军一直在直升机上值守。李富山校长看见军用直升机降落后马上跑过来：“解放军同志，欢迎你们。”

姜政委握住李校长的手：“我是军区政委姜福堂，我们发现农场的洪水中有被困民工，马上准备两个胶圈和棕绳，越长越好，还有你立即把我的手令交给当地政府，务必要求他们火速派船救援落水民工。”李校长没找到棕绳，找来两个排球网把胶圈捆绑好，飞机起飞就救人去了。

李校长知道这段时间抗洪抢险镇政府的干部都在堤上，政府都空了，就有一个值班的老陈。学校里，男老师都支援防汛去了，剩下的女老师没一个能抢险的。情况紧急，李校长拿着姜政委的手令就往路上跑，上村委会找村主任去。正好在路上看见一台运送船只的卡车，往车前一站，拦住就把姜政委的手令拿出来了，赶紧救人，往农场开。司机掉完头，油门踩到底，车就开出去了。司机把车开到农场的临时渡口，却找不到落水民工。飞机飞回到民工求救的地方，在水上转了几圈都没发现人影，姜政委命令："张机械师协助陈军士长，立即下水搜索救人。""收到，张凤岭和陈祥强保证完成任务。"飞机舱门打开，陈军士坐着救生筐顺着绳索向下滑，直升机飞旋的气流吹得绳索左右摇晃，上下震荡。

此时被困民工已经半昏迷了，死死地抓住漂浮的檩木在浪中时不时地露出脑袋，张机械师控制着救生筐的绳索，陈军士长在水面上搜寻了半个多钟头，才在檩木旁发现了这个民工，檩木救了他一命。陈军士长把直升机引导到头上，计划是把救援绳系到民工腰上，再用排球网把他兜住，民工听到直升机的声音发现有人救他，抬起身子就抱住陈军士长的腿，直升机螺旋桨的风力大，扬起的水花比暴雨的雨点打在脸上还疼，"你先松手，给你系上绳索，再套上网兜，先把你拉上去，你松手！"陈军士长冲着民工喊，民工晃着脑袋，就是不撒手。

这种情形下姜政委果断命令："马上提升救援绳，把他们两个人一起提升回舱！"飞机刚刚提升救援绳，陈军士长觉得腿上轻了，不见了民工踪影，他松手了。姜政委果断命令："把救援绳放下去，让陈军士长再把人给我找回来！"

直升机又降了下来，民工还在檩木上趴着，在旋起的浪里向上伸着脖子，这回民工死死抱住陈军士长的腿并扣住了排球网兜，救援绳把他们两人提升上来。机舱门打开的那一刻，气流使飞机重心倾斜，民工下半身还在舱外，刹那间，滕部长一手就抓住他的裤腰带，把人拉了回来。民工吓蒙了。缓过神来告诉姜政委，他是农场一队的工人，叫崔科，27 岁，在水里漂 8 个小时了。

原来，崔科在胖头泡国堤上抗洪抢险干了七天七夜，8 月 15 日凌晨一点换班，回到家躺到炕上就睡着了，他家在屯西南的最洼的地方，胖头泡漫堤决口后，转移撤退的高音喇叭也没有把他吵醒，直至江水上炕后，水把他呛醒了，发现满屋是水，外面像火车鸣笛一样“呜呜”响个不停，他一推门，门已被水封住，只好踹碎窗户玻璃往外逃，刚跑出房子，“轰”的一声，他家房子整个就倒在水里了，这时他才明白是国堤决口了。水流声越来越大，他顺水飘，看到檩木就赶紧骑上，腿踢着了一个推车，他就把推车和檩木绑在一起，趴在上面。也不知道过去了多长时间，崔科喊破了喉咙，一个人也没看见，他招架不住了，正要放手时，听到了直升机的声音，他的求救被机上人员发现，飞机在他头顶盘旋一下就走了。他自言自语：“这下是完了，好不容易有人发现了还见死不救，看来是老天要灭我崔科，今天这一劫是逃不过去了，接下来我怎么扑腾也没用了，就在这水里漂着等死吧。”

当直升机第二次来救他时，他已经被水呛蒙了，当他觉得有人往他腰间系绳子时才觉得有救了，求生的本能驱使他紧紧抱住解放军的腿，扣住了排球网兜不松手。

第六章　赶牛道上筑防线

◎ 当天筑堤当天漫

由于胖头泡段洪水漫堤决口，使新站镇 9 个村屯遭洪水袭击，受灾面积 10 余万亩，受灾人数 3 万人。而且，洪水继续蔓延，灾情迅速扩大，为了保大庆、保油田，控制洪水，减少损失，县委、县政府决定在新站镇发展村修筑第二道防线，以阻拦洪水。

漆黑的夜里，望不到边的洪水，颠簸的防汛艇上，刚刚从龙口逃生的田凤春书记要去打响另一场战斗，研究胖头泡决堤后洪水拦截的对策，决定依托发展公路设置第二道防线。

受省、市领导委托，县委书记田凤春用手机将这一决定传给了刚从胖头泡撤下来的县防汛指挥部副总指挥、副县长曲连贵。曲副县长和一同从胖头泡撤下来的县长助理马国龙、县体委主任王军一起赶到发展村。

田书记同时也把这一决定传达给新站镇党委书记陈立敏，

陈立敏立即通知副镇长韩文华和王文学，要求他俩火速前往发展村，分两条线，一方面安排家住在洼地的老人和孩子赶紧撤离，另一方面带领刚从堤坝上撤下来的民工和在家的青壮年妇女去发展村的东边路口挖土装袋，叠坝拦截洪水。

8月15日早6点，一线指挥田书记还在洪水中漂泊时，韩文华和王文学已经抢在洪水到达之前带着队伍，抢筑第二道防线。

二道防线的位置确定在发展村，在公路202至206公路桩之间。就在副镇长韩文华和王文学带领乡亲紧急抢筑时，绥化预备役师，23集团军67师、69师奉命先后赶到，投入战斗承担了这项工程。绥化预备役师和67师负责抢筑800米路堤，69师700人负责抢筑202号路桩以北至田间路南的300米隔堤，军民筑堤在紧张地进行着。

修筑第二道防线的工作全面启动，第二道防线总长2000米，抗洪军民全力以赴，抢时间、赶速度，昼夜不停，加快修筑加固第二道防线。驻哈尔滨、牡丹江部队的解放军官兵3000人，民兵预备役2000人和我县民兵抢险队队员共同奋战，为第二道防线运送物资的车辆川流不息。

发展村公路南侧是一望无际的原野，绿意盎然，散发着勃勃的生机，正是赶牛过来吃草的好地方，这里没有一点水的影子。南头的起脊房还安然无恙地挺立着，烟囱里冒着烟，屋里的人正在做饭，这就是平日的样子。

韩文华靠着大树，望着草说："我亲眼看见胖头泡洪水漫堤决口了，那水就像从天上倒下来的，浪头过去啥都没剩，这离胖头泡满打满算直线距离不到10公里，怎么连点水都没看见呢？这水都淌哪去了，入海了？”王文学说：“水是说来就来，地都灌饱了，不会给咱们留多长时间的，得赶在水来之前把坝叠起来，解放军是帮咱们干的，这脚下的地方是祖辈传下来的，1957年大水都没把这淹了，1998年更不能淹。”

发展村叠坝的女人多，男的都在胖头泡，这些女人平时过日子就是好手，现在干男人的活儿也要强，头巾子散开了不系了，铁锹铲起满满一锹土，装进丝口袋，悠起来扛到肩上就走，到地方撂下沙袋，横放一层袋子，再顺放一层袋子，摆齐，踩实，转身就往回来，她们在困难面前默默抗争，用双手，用脊梁在战斗。

8月15日凌晨，胖头泡洪水漫堤决口，天地一片汪洋，新站镇3万多人的家园，良田变湖泊，洪水裹挟着庄稼树枝呼啸而过。胖头泡决口之后，干部、群众心都慌了，站不住脚了。有的抢险队队员要马上回家：“家里老婆、孩子不知道啥样呢，竟给别人家防汛了，保别人家的一亩三分地了。”还有抢险队队员说：“自己家房子和庄稼都淹没了，还防什么汛？”一时间各种理由请假的镇村干部多了，陈书记心里暗暗着急，客观问题得解决，主观情绪也得安抚住，厌战的情绪开始蔓延。他先解决干部们的后顾之忧，把他们的小家先安顿好，要求镇里安全转移小组先确保堤上防汛的干部群众家属做好转移的工作，要求各村支部书记必须优先把在国堤上和发展村参加防汛工作人员的家人和财产安全转移，在村留守的村干部到堤上慰问。一看村里来人了，村民放下铁锹围上来就打听自己家的情况，“放心吧，你们家的人都安置在冈上了，牲畜都赶到老生产队的大圈里了，要是跑了，我当牛给你家犁地去”村干部笑着说，“今年涨这么大的水即使在家也没啥好办法，干看着。”一个村民说。陈书记把局面稳定了下来，他理解老百姓的心理，能不惦记家里吗，破家还值万贯呢，镇干部的日子也都不宽裕，这几年工资都不能按月开，很多家里都是单职工，一人挣钱，虽说现在有了点小情绪，但大方向还是好的，全镇493名共产党员没有一人提要求，没有一个下火线的，共产党员就是第一道坚不可摧的大坝，给群众抗洪抢险、抗灾自救打了一个标准的样板。

全镇的大部分人还被困在四合村，没能及时撤回，其他堤段的干部还在驻守，附近村屯的青壮年劳力还不到50人。偏偏来支援发展村的新合村主任王羽当天，为躲避拉土的四轮车一脚踩空，滚到公路底下，脚踝正好磕在石头上，当时骨头就露出来了，骨折送医院了。王羽的牙磕掉好几颗，他说怎么感觉满嘴是苞米粒子呢，吐出来一看是几颗牙。病还没好活儿还得干啊，五十多岁的人，说话舌头在嘴里直打转，带病披甲上车，坐上民兵连连长郭大凤的车就往发展村赶来。郭大凤始终在防汛堤坝值班，现在运输物资，没白天没黑夜地开车，困急了就趴在方向盘上打个盹儿，前两天开车时睡着了，车冲到路石上了，脑门碰上前风挡了，满脸都是血，肩胛骨撞到方向盘骨折了，堤上的部队卫生员给正了正，脑袋上缠块纱布就接着开车了。今天来接王羽时，郭大凤额头上的白纱布上还渗血呢，王羽和郭大凤开玩笑说：“你咋还挂彩了呢。”

肇源县直属机关支援的干部也有一部分被洪水困在四合村了，还有一部分被困在肇源农场六队的高冈上。其他堤段的干部不能擅自离开，县防汛指挥部急调龙源市政公司副书记张文和县计量局副局长蓝国赴发展村二道防线，协助县里曲连贵副县长和镇里领导指挥筑堤。

8月15日上午10时，发展村赶牛道二道防线南侧远远望去波光粼粼，短短20分钟，这道波光就舔到了赶牛道路堤的堤脚。层层翻滚，水在堤脚下集结，一排踩一排地往路堤上翻滚着。

8月15日下午3时，从胖头泡南侧撤离到肇源，连口气也没来得及喘的省防汛抗旱指挥部总指挥、副省长王宗璋等省、市、县领导率领水利专家和工程技术人员相继乘车来到发展村现场指挥。此时，洪水已成山呼海啸之势，攒齐力气狠狠地砸向路堤，路堤勉强支撑着，洪水透过路堤的缝隙，无数个粗粗细细的水柱齐刷刷向北侧喷射。路面上的水越积越深，几千名解放军战士蹚水背沙袋，迎水坡用面粉封堵决口、填坑固堤。

王文学和韩文华站在水里组织人员抢险，另一方面按照陈书记的要求解决解放军的吃饭问题，他俩赶紧找政府秘书陈绍辉，让他准备1000名解放军的饭，“我这就回去，热乎饭保证管够，这帮兵娃子就是吃肉我都能整来。”陈绍辉拉着民兵连连长急匆匆的就下堤了，不到3个小时，他俩回来了，后面跟了四五台手推车，这1000口人的饭都是妇女推来的，盆子、碗、盘子、筷子、装菜的家当啥样的都有，里面装的是热乎饭，人民子弟兵吃的是百家饭，干的是保卫家园的事。

在发展村重筑长约2000米，高3米，底宽6米，顶宽2米的阻水大堤。解放军、预备役士兵、刚刚到位的大庆石油管理局2000名工人一起迅速投入新一轮的筑堤。肇源县的干部群众放下胖头泡漫堤决口带来的悲痛，把眼泪憋在心里，听从指挥，全力以赴抢筑新堤。

刚从胖头泡撤回的67师没来得及修整就赶来助战。看着这群虽疲惫但眼睛发亮的年轻人，67师政治部主任心疼地说：“战士们已经两天没吃饭了，到你们这跑了10公里才坐上车。”陈书记攥着主任的手连连说：“战士们挨饿了，我们有责任，请领导放心，后勤我们保证做好！”陈书记打电话给王文学：“不管你想啥招，一个半小时内，马上准备700人的饭菜给部队送来，要快，要快，战士们两天没吃饭了！”“放心，保证完成任务，不会再让战士们挨饿！”

发展村赶牛道大堤上军旗飘飘，军歌嘹亮。哪里有险情，战士就冲向哪里，哪里抗洪任务最重，哪里就有官兵们红色救生衣的身影，衣服被泥水汗水浸透了，官兵们就脱下迷彩服光着上身，穿着短裤扛沙袋，手被磨破了，脚底磨出了血泡，肩膀上沁压出一道道血印，他们全然不顾。

每天近二十个小时高强度、超负荷的连续作战，使官兵们极度疲惫，不远处的洪水在伺机而动，他们只能咬紧牙关。从发展村当兵走的王小强亲眼看见自家房子被洪水淹没，家在水里连个影子都没落下，忍受着亲人不知在哪的心疼，即使这样仍与战友们扛沙袋，打木桩，喊着号子在堤上堤下冲锋陷阵。

天黑了，眼前漆黑一片，风都吹不开一点缝，堤上人撞在一起都看不出谁是谁，急需电力供应，县供电局生产科和镇供电所现场办公，紧急商议，决定违规操作，带电施工。他们在原有线路的末端将灯泡串联接入 380 伏高压电，这种操作即可以保证灯泡的亮度，又不至于烧灯泡。但是高压电，人碰上就完，眨眼工夫就没命。紧急照明灯照出了一道白光，电力工人借着这光亮用木棒子托电线，离地两米多，他们不说话，别人看着心怦怦的，要跳出喉咙，半个小时后，两公里线路改建完成，100 多盏灯泡接进电线，灯全部亮了。

8 月 15 日晚 9 时，2000 米新堤建成，依托着两面的土丘，洪水暂时被挡住了。可以稍微喘口气了，看着战士们被冻得发抖的身体，于维川眼泪噼里啪啦的掉了下来："我家的 50 亩苞米没影了我都没哭，这是天灾，人得受，这些战士们空肚子给咱们扛沙袋啊，图咱们老百姓啥啊！"他这么一哭，引起了一片低低的抽泣声。

洪水呈扇面形漫涌上来。洪水把养鱼池给冲开了，鱼就随着洪水四处流动，野生鱼的窝也让洪水给翻个底朝天，各式各样的鱼都在路面上亮相了，好多鱼都没见过。老人们说："鱼米之乡的名号不假啊，没诓人。"林肇路南侧的歌舞餐厅三米高的窗户都进水了，一屋子的桌子凳子都在水里漂着，老板不知道上哪去了。发展村党支部书记陈万友在发展村西边的高地上巡堤，越巡越没底，时不时地袭来胖头泡决口时的感觉，低头一看水位已经逼近了土丘的顶部，陈万友赶紧到帐篷里报告县领导："水涨上来了，胖头泡的水又上来了！"

大庆市市长吩咐马国龙和蓝国："马上跑步去找部队求援！"他俩低头一看脚下的土颜色深了，涨水了。

不用召唤，刚刚停歇的推土机又轰鸣起来，驾驶员拿把土搓搓手，连续开了8个多小时，手都被方向盘磨滑了，爬上驾驶室一铲子土就堆在了堤前。D—80推土机车身高大，不能从两米高的灯杆下穿过去，为了电灯不灭，县水利局局长王忠智站在灯杆前，推土机过来时，就把灯杆从地上拔出来，高高地举过头顶，推土机过去了，再把灯杆插到地上用手扶着。推土机每走一趟，他就举一遍，插一遍。推土机推了三个多小时的土，他就插拔了三个小时的杆子。

两台推土机应付不了眼下的形势，需要去对岸的石油管理局申请推土机支援，电话打不通，马国龙决定亲自去申请。黑暗中，存水的庄稼地像沼泽一样，一步一拔陷，马国龙把鞋子脱下来，手拎着，开始光脚跑。凌晨3点钟，终于和田凤春接上了头。石油管理局调配来两台推土机从背坡推土。

这时，洪水漫过了堤顶，从路堤的上、下、中间和两头一齐冲过来，一个接一个地掠夺着堤上的沙袋，将路堤一点点拆毁……

洪水又上涨了一米多，眼看着树梢就没影了。水流更急了，直径20厘米粗的杨树，水一来就被折断了，树冠耷拉在水面上，几分钟后，树冠就随水漂走了。路南歌舞餐厅的房脊在水里若隐若现。路面上的水深已经超过5米了，啥都在水里泡着。新堤被急剧上涨的洪水撕开了一个7米多的口子，洪水从口子中间咆哮着向北面广阔的鸭木蛋革泡子推进，口子两侧的袋子像切豆腐一样不断地向水中塌落。

洪水将林肇路分成东西两段。发展村四周都是水，从哪看哪是水。俨然成一座孤岛，需要的所有物资，只能靠橡皮船一点点地运过来。

没等战士们吃完饭，洪水就漫过了堤顶。刚叠上的沙袋排队似的一个个的滑进水里。不到一个小时，只见一滩浑水了……

田书记又去找67师陈师长。陈师长看着横七竖八躺在庄稼地里的战士们，面有难色，战士们已经连续奋战了好几个昼夜，下车直接上堤，都累坏了，刚刚睡下。“我们地方需要你们支援，给我们争取点时间，庄稼我们不救了，但得让老百姓转移出去啊。”田书记眼圈都红了。

“堵！”陈师长咬着牙答应了。

一声哨响，战士们迅速集合，十分钟出现在堤上。

一条绳索横牵过去，会水的战士们依次跳进水里，要在水里筑人墙，战士们刚把脚伸到水里，脚跟还没落下，凶猛的洪水就将他们纷纷冲倒，30多名战士脑袋都埋在水里了。若不是他们死死拉着绳子，就被水冲进下游了，命都保不住。

上游漂来的柴草和在家具上站着的几只小鸡顺水快速地向决口处撞，到决口处“忽悠”一下就没影了，急剧的水流把它们卷到水下去了。决口处的水有七八米深，捍桩子根本够不到底。

副县长曲连贵攀着一条绳索从玉米地里蹚着急流从西岸

走到东岸，来参加省、市、县、镇领导紧急召开的碰头会，水涨得太快了，省委几名领导也来到了现场。现场商定，两侧打桩固堤，等明日物资齐备再封堵决口。

8月16日晚9时，省委常委、副省长，省防汛抗旱指挥部总指挥、副省长王宗璋接见了前来参加抗洪抢险的沈阳军区40军部队首长。会见中，王宗璋通过肇源的防汛地图，向部队各位首长介绍了当前防汛形势和任务，安排了40军3000名官兵的抢险任务和重点抢险部位。40军首长通报了部队集结情况，表示17日早4点前抵达防汛前线，将全力投入发展村的抗洪抢险中，要以实际行动誓死保住大堤，保卫肇源，保卫大庆。

第二天物资到位之后，几万名解放军战士、武警官兵、民兵预备役士兵穿着救生衣在大堤上奋战，身上的力气都使出来了，喊着号子，一路小跑，整整一天，队员们就跟疯魔了一样。

斗志昂扬的人啊，洪水必向你们低头。一直持续干到下午，体力透支了，躺在公路上就睡过去了。田书记心疼地看着公路上密麻麻的战士们，一遍遍地嘱咐负责后勤的陈立敏："还有没有吃的，还有没有水了，不能再让解放军战士饿肚子！"

这可急坏了张文和蓝国，商务局于长林带人送来了几万份补给，可都在东岸，干瞪眼运不过来。

夜晚，沈阳军区张部长、67师陈师长、县委书记田凤春、镇党委书记陈立敏等人在发展村的山冈上观察水情，没想到在这个冈上竟然发现有一个用塑料搭的帐篷。

这家主人叫王士杰，五十多岁了，房子淹倒了，屋里头啥都没救出来，三口人就把身上的衣服带出来了，他昨天刚带着老婆孩子在冈上搭个帐篷将就几天。看见他们，老王急得直跺脚，满脸歉意：“都是来帮我们的，得招待吃口饭，房子倒了啥也没拿出来，我给你们烧苞米吃吧。”说着就去后面地里掰了一抱苞米回来，树枝子点着火，烧起了苞米……

夜里两点，市防汛指挥部通知：从石人沟给你们调 10 条船，他们路不熟，你们来一名向导。陈立敏焦急打电话给古城村，让他们抓紧寻找向导。

“我去行不行？”一直坐在旁边不出声的王士杰自告奋勇。

田书记：“行，但是天黑，水流急，你水性好不好？”王士杰说“从小在江边长大，没学会走路先学会狗刨，放心，我能把道领好。”田书记激动地紧紧握着老王的手。

老王身影转眼就消失在夜里。田书记感叹：“这片土地总让人饱含热泪。”

两个小时以后，王士杰把船领回来了。后勤补给缓解了，战士们饥饿问题得以缓解。

午夜，秘书韩丙臣将丝袋子铺在地上，曲连贵、张文、王永杰、陈绍明、张景文、陈立敏等人席地而卧。从胖头泡告急到此时，7 天时间里，他们只睡了这两个小时。

◎ 舟桥部队合龙战

8月17日上午9时，省委书记徐有芳，省委领导和沈阳军区政委姜福堂中将亲临发展村二道防线现场，向在场的全体人员发表讲话：“首先向战斗在第二道防线上的全体官兵和指战员表示亲切的慰问。按党中央要求，大庆市是我省防汛抗洪必保的重点城市，保大庆定全局。希望各级干部群众和全体官兵坚定战胜特大洪水的信心，树立与洪水斗争到底的信念。抗洪抢险中，全县人民要和全体官兵协同作战，统一指挥，全力以赴战胜这场有记载以来的特大洪水。同时要求，抗洪抢险必须两手抓，一手抓堤防的加高加固，一手抓人员的安全转移，确保社会稳定，确保不伤亡一人，把洪水造成的损失减少到最低程度。”在场人员深受鼓舞，艰难困苦，玉汝于成！

随即省防汛抗旱指挥部总指挥、副省长，沈阳军区参谋长，省水利厅厅长，市防汛抗旱指挥部总指挥，大庆石油管理局党委书记，县委书记、县长、镇党委书记等一道研究部署阻拦洪水方案。

后方的人民时刻惦记着一线的解放军官兵，8月17日上午，县工商局东城和西城工商所的二十几名个体工商户带来了6只羊、50斤鱼、20箱火腿肠、2000个馒头、200斤榨菜；文华养殖有限公司经理张文同、陈秀芳、张喜杰带来2000个熟鸡蛋、30箱方便面、5箱饮料；新站镇个体户协会带来500箱矿泉水、50箱火腿肠，他们共同驱车赶到发展村送到了日夜奋战的解放军手中，表露了血浓于水的深情。

千军万马向发展大堤合龙现场会集，红旗遍地，喊声震天。钢材、水泥预制板、木料、编织袋，各种物资源源不断地运来，堆成小山那样高。人流滚滚，旗帜如海，各地记者云集。

省负责人对中央电视台记者说：“宁可舍农田，也要保油田。许多的农田已经不保，我们拼命也要保证油田和重点部位的安全度汛。”

洪水在发展决口处奔腾不息。5万亩的农田已经是一片汪洋了，剩下的口粮田还保不保？如何保？封堵漫堤决口？加固大堤？还是固封并举？这些摆在各级领导面前的问题亟待解决，一时间沉寂下来，空气有点凝重，省长打破了僵局：“两种意见，一种是固堤或是堵口子，一种是既固堤又堵口子，大家表决吧。”

“还有一种意见是放弃这里，大踏步后退，以铁路一线为堤拦截，防洪有规定，抗洪抢险由地方负责组织协调，但铁道部坚决不允许以铁路为堤，没办法。”省委书记徐有芳接着说，谁都不出声了，姜福堂政委拍板：“既要固堤又要堵口子。”命令即刻下达：“19时必须合龙！”

为了保油田，三辆大卡车和两辆客车先后开到了发展大堤决口，一头扎下来，车辆击起水花拍到岸上，卡车像玩具车一样在水里翻了个跟头就没影了。

卡车陆续开进了十多台，卡车堵口子堵不住。姜政委调动集团军工兵团的舟桥部队，在漫堤决口的东岸协同连接舟桥。他们计划把舟桥横在漫堤决口处，两边打桩封堵漫堤决口。

一根碗粗的钢丝绳连接在漫堤决口两岸。西岸，一千多人在同心协力拉舟桥。舟桥上有百余多人在撑舟桥；舟桥下有两百多人在水中推舟桥……

一位新华社记者说：“我刚从长江回来，这个场面比九江合龙都要大，比那还要壮观。”

众人齐用力，但百十吨重，七十多米长的舟桥几乎纹丝不动——决口处冲下来的面袋、沙袋塞满了舟桥底部，阻滞了舟桥。舟桥进退不得，团长建议卸下两节舟桥减轻重量，刚刚卸下的两节舟桥竟被洪水冲走了。4 名穿着背心裤衩作业的战士抱在那两节舟桥上冲到下游去了（8 月 18 日早 5 点，在舟桥上忍受了一夜蚊虫叮咬，浑身鲜血淋淋的战士归队，在时刻有生命危险的整个夜晚，他们没有放弃求生的努力，更没有放弃舟桥。）

大堤中段，护堤的沙袋和铁笼被洪水一次次冲走。迅速上涨的洪水竟把刚才纹丝不动的舟桥缓慢地推浮起来，使其向下游移动。

灯光骤然亮起，喧嚣的洪水声越发显得恐怖，姜政委向省水利专家发问：“能不能顶住？”专家摇头：“若是白天还有希望。再坚持下去，就是对几万人生命不负责任。”

18 日夜里 11 点 20 分，姜福堂政委与省委书记徐有芳及其他省委领导共商后，心情沉重地下达了撤退的命令。

大堤撵着部队的脚后跟崩塌，顷刻间荡然无存。

肇源县公安局交警大队 14 名同志分 6 段站在积水越来越

深的公路上，疏散着密集的人群。

一百多盏电灯还亮着，照着人们逃生的路。

从8月15日到8月18日，发展村三天的阻水大战，延缓了洪水向前的脚步，为库里泡第三道防线的构筑赢得了时间。

8月18日晚上10时，县委、县政府在县防汛指挥部召开紧急会议，进一步部署当前防汛工作。省市相关单位的同志也出席了会议。县委书记田凤春在会议上强调："全县各级领导和广大干部群众一定要树立长期作战和抗灾自救思想，坚决克服厌战情绪和麻痹、侥幸心理，确保抗洪不出问题。"

田凤春书记提了八条要求：一要死保第一道防线，重点部位要死看死守。特别是撤水时更要注意，绝不能出问题。要分兵把口，层层负责，哪段出现问题要追究哪段领导责任；二是各种物资要备到位，运到堤上；三是责任制度要明确；四是防汛预案要执行好；五是通讯联络要搞好；六是做好部队的后勤保障工作；七是物资要接收调配好；八是做好灾情调查和灾民安置工作。

发展村第二道防线共投入编织袋500万条，塑料布20吨，动用土方30万立方米，动用车辆2000台次，动用人力6万人次，其中部队3万人次。

辽宁省凌海市石山站8614部队政治处组织干事隋锡联，写了一首《西江月·抗洪曲》：

千里挥师参战，

誓死保卫肇源，

何惧危难与艰险，

勇士不惜血汗。

大庆油浪不息

冰灯神光万前

赶牛道上奏夜曲

军民携手如磐！

◎ 打响发展保卫战

8 月 15 日，胖头泡漫堤之后，新站镇发展村成为一个四面环水的孤岛，面对洪水，人们舍小家，携起手，共同抵御洪水，呈现了一幕幕可歌可泣的感人画面。

8 月 15 日，随着胖头泡漫堤消息的传开，咆哮的洪水也同时席卷到这里。不足半天的工夫，村子和农田淹没了大半，洪水拍打着小学的院墙，紧靠小学的 30 多所房屋岌岌可危，保护群众生命财产安全已刻不容缓。

党员陈刚、高富、陈才、郑平于危难之际勇敢地站了出来，修堤保家园。他们四人立即组织起护屯抢险队，把惊慌失措的人们组织到一起，号召大家抢修筑护屯坝，暂将洪水拦在屯外。70 多名抢险队队员中，妇女、儿童占了三分之一以上，守护家园的决心让他们充满力量。一小时，两小时、三小时……他们越干越有劲，到日垂西山的时候，一条长 500 米，高 1.5 米的护屯围堰修成了，这 70 多人的汗水和勇敢筑成了这条围堰。140多口人免于了流离失所，群众松了一口气，陈刚等四名冲在最前面的党员悬着的心也放下了。

洪水冲毁了人们美丽的家园，但冲不断校园那洪亮的读书声。9月1日早晨，被洪水围困中的发展小学，开学的钟声悠然响起，200多名小学生再次坐在洁净的教室里，捧起了心爱的书本，聆听老师的教诲。

因洪水阻隔了交通，学生们的课本和作业本迟迟运不到学校。为了不影响正常开课，郑清义等教师纷纷“出击”，四处联系，争取早日把课本和作业本运到学校。一些学生因家里被淹，举家迁移，而濒临失学，学校便派人四处寻找，使“走失”的学生如期入学。55岁的老教师于芹和两个儿子的三间房屋全部被淹，全家十几口人只好寄居在同事家里，但她仍和往常一样，拿起课本给孩子们讲课……

汪洋中的发展小学，渐渐恢复了往日的勃勃生机。肆虐的洪水使发展村167户房屋被毁，7000多亩耕地被淹，面对百年不遇的洪水灾害，发展村人不等不靠，奋起自救。在村党支部书记陈万友的带领下，先后有40多名村民驾船捕鱼摆渡，有10多名农民到隔江的大安等地开卡车搞运输，有30多位农民到前郭等地的火车站当装卸工，做到堤内损失堤外补，挣着辛苦钱却从来不觉得苦。此外，这个村没受灾的农户还主动把受灾的农户接到自己家，东西屋，南北炕，一场大水让每个人都成了骨肉至亲。

第七章　转移灾民保新站

◎ 新站丫口保卫战

8 月 15 日凌晨，新站镇政府所在地陆续开始进水。发展村合龙，洪水水位猛涨，通往发展村的路南是一段沙土山包和大沙冈子。这是新站镇最高的地方，比平地高出几十米，洪水就像不知疲倦的野兽，跑个不停，涨个不停，过去抬头都看不到顶的沙冈子，现在在水里头就露出个顶，老百姓有不少都撤离到了沙冈子，支起窝棚过日子，鸭子、鹅也跟着来这安家了，没啥吃的，鸭子整天叫唤，鹅伸直脖子到处跑，时不时地有杀鸭子的，半夜时也杀鸡，冷不丁的听见一声，鸡鸭的叫声非常瘆人。

新站街里进水首先威胁的是烈士墓西侧的丫口子，丫口子地势低洼，是出入大泡底的唯一通道，这块是黑土地，老百姓谁家需要苗床土都上这来挖，天长地久大青山上出现了一个一百多米长的缺口，大家习惯称为“丫口子”。一旦洪水从这里入城，新站镇8000多户的居民将全部受灾，全镇将整体受到洪水围困，保卫丫口子成了全镇居民的头等大事，只能成功。8月15日凌晨5时，新站镇新站街的人们惊魂未定，正准备做早饭。突然，一阵急促的声音从高音喇叭里传来："各位居民注意了，烈士墓西侧丫口子有险情了，情况危急，请各家各户男女老少立即携带铁锹去丫口子抢险……"镇里的抗洪抢险宣传车也在走街串巷作紧急动员。

镇干部们前一个多月就上堤了，没有回过镇里，青壮年也都上堤抢险了，家里只剩下老弱病残了，就是这些人组成1500多名居民抢险队，委长们挨家挨户收集防汛物资，没有物资的捐钱购买防汛物资，有人出人，有钱出钱，人们听到广播后陆续赶来，新站街一委的刘家三姐妹听到广播，正在做拥军早餐的大姐刘振香立刻扔下擀面杖，拎起铁锹冲出门外，二妹刘振霞、小妹刘振娟紧随其后，边跑边撸起裤腿。她们最先跑到了丫口子，她们背袋子挑土，笨拙但是坚韧，保卫家园的紧迫感呈现在每个人的脸上，抢险的气氛空前高涨。此时洪水正在这30米宽的道口里打转，眼看就要漫过来了。

一时间丫口子人山人海抢护坡，铁牛隆隆筑长堤。

丫口子抢修大堤现场，机声隆隆，巨大的铁铲掘起厚厚的沙土，推送到坎脚下，人们装袋后砌到堤坎上。这些推土机是丫口子抗洪大军中势不可挡的"铁军"，这推土机里的司机师傅们是"铁军里的铁军"，会开推土机的人少，没人替班，一上车就干一天一夜，吃喝拉撒都在车上，他们忍受着蚊虫叮咬、驾驶室的闷热、机器的轰鸣。不知道累，像机器一样了，人们和洪水比速度，最终，洪水在大堤外止住了脚步，军民合力保住了8000户家庭的安全。

这十几台推土机和群众奋战在丫子口抗洪抢险大堤上，它们和全镇人民在这里筑起一道抗洪丰碑。

◎ 新站灾民大转移

8月18日夜11时20分，为保油田和省城安全，决定放弃发展村大坝合龙，向村民宣布这个决定后，坝上哭声一片，人们捂着脸蹲下，压抑的哭声在回荡，洪水的呼啸声让人恐惧，低沉的哭声让人绝望。

8月19日，疯狂的洪水冲过发展村，扑向新站镇和肇源西部7个乡镇。新站镇的人啊，从祖辈扎根在这就没搬过家，家里木箱上的把手都是先人从云南老家挑来的，辈辈传下来的，舍不得，里面是老家的念想。镇村干部哭着劝大家赶紧转移，洪水说来就来啊，老百姓边哭边收拾家里的东西，哪样都往身上背。镇村干部带着哭腔喊："当年咱们祖先到新站来的时候也是两手空空的，后来不也啥都有了吗，只要是人在，啥日子咱们都能过起来，老少爷们别让妇女收拾东西了，太多扛不动啊，赶紧带上老人孩子，跟我往冈上去。"男女老少，提筐背篓，深一脚浅一脚在水里走，相互搀扶着跟在他们的身后结队往冈上转移。

新站镇火车站前广场的水深已经一米多，曾经死保的铁道静静地躺在水里，已经和外界阻断了联系。铁路职工家属房是顺着铁路的走向建的，比铁路低了两米，铁路职工都在站里抢险，洪水倒灌进家属房，眼瞅着水就上窗台了，在家的老人和孩子开始自救，保卫家园，米、面、油最先抬出来，摞在大木板子上，电视机顶在脑袋上，背着孩子，先运一趟，推着板子在水里走，走到税务局楼下，这是新站最高的地方了，放下来东西，孩子照看着家当，大人再回去运第二趟。新站的街上都是转移的群众，大伙奔跑着，能在水里抢出点就多抢出点，有的还拎着镰刀要下地割苞米秆子，草原淹没了，怕牲畜挨饿。个体户自发组织了转移队，有的房子窗户玻璃碎了，手腿被玻璃碴子刺破，血汩汩地冒，搬出来的东西上沾了血印子，大伙没空悲伤难过。他们背着老人和孩子一次又一次在齐腰深的水中蹚过，街面上近百人在他们帮助下安全撤离。连续干了 8 个小时，没喝一口水，看着昔日里热热闹闹的大街，现在都被洪水覆盖低下眼睛，水里漂着太多东西，随手捞出个面盆什么的，这些东西以后过日子用得上。一幅幅生动感人的画面，随着溅起的一朵朵浪花永远地印在了新站人民的记忆中，也永远地记载了这里的人民，在抵御洪水殊死搏斗中所体现出的人间真情。

◎ 靠山军民保卫战

8 月 17 日，凶猛的嫩江洪水紧逼新站镇靠山村堤段，靠山村保卫战拉开了序幕。上午，一向不安宁的官家亮子堤段再次出现险情，长达 500 米的堤坝面临漫堤危险。一旦漫堤决口，靠山村近万亩良田和 200 多所房屋将被淹没。

绝不能让胖头泡的悲剧重演！已经连续奋战四个昼夜的驻哈某部司训大队的 500 名官兵闻讯后，来不及休整，火速驰援。在铁路北堤段，洪水和大堤僵持着，洪水在大堤外徘徊着，解放军官兵人背肩扛抢运沙袋，仅一个小时，就抢运沙袋 8000 多个，靠山村的 300 多名村民也自觉加入抗洪抢险的行列中来，军民同心，共同筑起一道血肉长城，誓把洪水击退在长城之外。

前方抢险急，后方支援紧。靠山村青壮年上前线抗洪抢险，家里的老人、妇女也组织起来，各家做饭，烀苞米、蒸馒头，一位老大娘把攒的咸鸭蛋拿了出来，自己没舍得吃一个，还拌了两桶黄瓜咸菜。村民将自家的水桶刷了一遍又一遍，然后装满井拔凉水，套上马车就往堤上拉。

中午 12 点 40 分，干了一上午的军民刚刚坐下来喘口气吃口饭，新的险情又出现了。铁路北堤段有 60 米的坝体出现脱坡、渗水。100 多名解放军战士咽下嘴里的饭，拿着手里的馒头，跑步奔向出险堤段。堤坝上立即又出现了一片迷彩绿，看着这片颜色，送饭的村民把眼泪咽回去，回去继续准备饭菜。

水利专家分析大坝脱坡、渗水的原因是新旧坝体接合不好，需要引流，要在坝外铺放草片，然后压上沙袋。方案定下来后，一声令下，铺草片，投放沙袋，经过一个小时的战斗，险情得到控制。

胖头泡漫堤，发展村赶牛道防线被洪水漫过以后，肇源县有 11 个乡镇和农林牧渔场被淹，涉及 121 个村，316 个自然屯，65250 户，26.1 万人。受灾的 316 个自然屯中，91 个自然屯全部被淹没，225 个自然屯成了水中孤岛，全县有 9 个乡 1 个场的交通被切断，房屋倒塌 15662 户，53200 间。形成危房 11104 户、28600 间。毁坏学校 67 所，35000 平方米。医院（卫生所）107 所，80000 平方米。敬老院 11 所，7040 平方米。造成全县直接经济损失 35.3 亿元。遭受这样巨大的自然灾害，全县未发生亡人事故，全县 39 个灾民点没有发生疫情。

◎ 虎口夺人救灾民

8 月 19 日凌晨三点，船刚一靠岸，惊魂未定的振余村西窑屯老刘和媳妇刚跳下船就跪在李曙光和魏兴栋面前，一边磕头作揖，一边高喊："感谢领导恩人，是你们给了我们第二次生命！"

原来在 18 日夜里 11 点 20 分放弃发展村大堤合龙，为安全转移西窑村民，一天一宿没合眼的李曙光和民警魏兴栋得知已经被转移到安全地点的屯东头老刘家两口子，偷着开自家三轮车又返回西窑屯往外拉自家养的狐狸和貉子。老两口正往车上装狐狸笼子的工夫，水就涨上来了，他俩加上一车狐狸貉子都被困在水中，动物也有灵性，看着水把身上的毛都打湿了，狐狸直咬笼子上的钢条，貉子在笼子里转圈跑。

岸边停放着一艘小船，不管是谁的了，李曙光和魏兴栋划起来就往出事地点去。

水里的浪起了一米多高，小船东摇西晃的，李曙光支着桨，顺着水势往前划。一个多小时才到地窝棚。没看着三轮车，他俩四处张望高声喊："有没有人，有没有人啊？"此时的西窑屯被洪水包围着，村头的大树孤零零地伫立着，供销社门楣上的牌子都看不见了，被围困的老刘夫妇嗓子都喊哑了，两口子站在三轮车上朝着魏兴栋挥手。总算是找着他们了，李曙光把船划了过去，把二人转移到船上，22 只狐狸、24 只貉子都装上船。三轮车熄火，发动机进水了，只能扔这了，"那也不后悔，自己养的牲畜舍不得它们，这也是命啊！"老刘嘴上说不心疼，手却死撑着三轮车的车把。正要往回走，老刘媳妇说他们村的老尚家儿媳妇前几天和前院大傻小子可能在小北山的瓜窝棚呢，魏兴栋听完调转船头往北小山划去。越往北走水越深浪越大，顶风划了一个多小时才来到小北山，没看见窝棚，就见到几根支窝棚的木棒在水中摇着。上风头的树林里传过来微弱的喊声："别走，别走，过来救我！"他们把船划进树林子大里头，才看见树杈上蹲着俩人。

李曙光让俩人从树杈上下来，顺着树干往下爬，老尚家儿媳妇不敢下，急得直哭，大傻小子从树杈上跳下来就落在了船里，看着她傻傻地笑，魏兴栋爬上树，让她踩住他的肩膀，随着他的劲往下跳，到船里，她冲着傻小子就过去了，巴掌就抡上了。他俩这么一拉扯，把狐狸笼子给撞进了水里，魏兴栋跳水里捞出狐狸笼子，一番折腾过后，魏兴栋和李曙光倒在船上喘着粗气，老刘边划船边回头看自己水里的三轮车。

◎ 媒体亮相破谣言

“新站国堤开口子了，洪水把整个肇源农场都淹没了，两三千人都没出来……”

“县委书记、县长和电视台记者在大坝上开口子时都被洪水冲跑了……”

“发展村二道防线没防住，洪水把新站、浩德、义顺全淹了……”

“发展村堵口子时几千名解放军战士都让洪水卷走了……”

“发展村二道防线又开了，这样节节败退，肇源是保不住了……”人们交头接耳，神秘兮兮，有的躲进屋里给亲戚朋友打电话，传递着从各种渠道得来的毫无根据的消息。

谣言像瘟疫一样迅速地传播着，一鳞半爪的见闻和只言片语的演绎，逐渐变成了活灵活现的惨景映现在人们的眼前。恐怖的阴云在人们的心头飘浮不定，整个新站镇人心惶惶。

食杂店的方便面、火腿肠、矿泉水被抢购一空，连过期的食品也被不讲价钱地买走了。市场上已经没有买菜的人了……

三轮摩托车在大街小巷川流不息，将住在低处的老人、孩子和冰箱彩电搬上高处。

人们彻夜不眠，打好背包，准备了干粮，随时准备着逃之夭夭。

8 月 18 日晚，县长助理张泉发表电视讲话，他针对城乡居民的恐慌心理，号召广大人民群众，坚定必胜信念，自觉维护社会秩序，一切服从大局。

县长助理张泉神情严肃，态度恳切地说：“省市领导态度明确，死保肇源、死保大庆油田。如果确需转移，县防汛指挥部将向各单位提前下发转移通知，此外一切消息均属谣传。”

电视台的新闻节目也很有说服力：在发展村二道防线的决口处，沈阳军区政委姜福堂中将和省委书记徐有芳在指挥部队拉舟桥，还有全县人民熟悉的身影——县委书记田凤春正在一线战斗，这是全县人民的定心丸。

又一个镜头，县电视台记者告诉观众：8 月 17 日，被胖头泡漫堤决口的洪水围困在肇源农场六队的副县长殷志国、新站镇四合村和胖头泡国堤上的副县长孙德军、新站镇党委书记陈立敏，还有公安干警、解放军官兵和 13 台抢险车辆被解救脱险。

8 月 18 日，当洪水突破胖头泡，穿过赶牛道，摧毁铁路干线的时候，中央人民广播电台记者在早 8 点就在铁路线上做出现场报道。新华社香港分社、香港大公报、中央电视台、中央人民广播电台等数百名记者云集肇源，从不同视角采集的新闻报道发往四面八方。人们感官的空间已被各种渠道得来的信息占满，媒体跟着水头走，水头到了哪里，新闻的触角就伸到哪里。

一条条令人毛骨悚然的谣言在媒体面前不攻自破。

第八章　斩断洪魔锁龙口

沧海横流，方显英雄本色。面对三百年不遇的特大洪水，百姓和子弟兵都是英雄，各级干部践行了人民公仆的本色，真实形象定格在历史的绳索上。

胖头泡进水，老坎子清障泄洪，洪水在肇源西部形成了大吞大泻之势，水位回落极其缓慢。9月初，水利工作人员测算，每天从胖头泡漫堤决口处进水量大约在1亿立方米左右，南引水库放水每日2000万立方米，两边合计每天进入肇源的水量为1.2亿立方米，肇源县西部滞留洪水总量达40多亿立方米。老坎子每天泄水1.5亿立方米，泄出的水量与人们的期望相差甚远。

转移到后岗地上的村民看不见洪水往下撤，他们还惦记水里的家，圈在这里的洪水开始变得混浊，如泥汤子一样，臭气熏天。老人说水是住这里了，把庄稼地里的黑土冲走了，以后地就薄了，不打粮了。没开口子之前大伙一门心思防汛，把水挡住就没事了，干活劲头足，虽说累点，但有盼头，现在整天盯着这片汪洋，焦躁的情绪开始变浓。

1998年9月21日下午5点，落日的余晖映在水上，泛起一片橘红，最后一辆大卡车将石料卸入水中，至此，胖头泡漫堤决口后，像脱缰野马一样肆虐了 37 天的嫩江洪水终于被拦腰截断，历时 18 天的发展截流工程圆满地结束了。两岸的军民沸腾了，一时间大坝上鞭炮齐鸣，37 个日日夜夜，在这一刻都是那么值得，喜悦的泪水在脸上肆意流淌，人们欢呼着、跳跃着，大声呼喊：“发展大坝合龙了，合龙了……”

◎ 搬石运料筑坝基

省防汛抗旱指挥部总指挥、副省长王宗璋，某集团军副军长侯树森、省水利厅厅长冯兆英、肇源县委书记田凤春、县长等领导同志带领省、市、县水利专家对肇古公路发展段过水路面附近进行了多次实地踏查，结合技术人员对溃堤处的实测数据，反复权衡，9 月 6 日决定在肇古公路发展村段抢筑一道堵水大坝，拦截嫩江洪水。采取水利水电勘测设计院和肇源县水利局联合制定的堵截方案，以较坚固的路基为依托，在发展村赶牛道实施截堵措施。发展大坝合龙后，一方面减少胖头泡洪水对第三道防线堤防的压力；另一方面将贯通一条恢复生产、重建家园的交通生命线。

截堵处过水路面 500 米，其中主流段 250 米，水深度约 6 米左右，两侧是高冈，在此堵截较为有利。

为保证这次堵截成功，省、市、县有关部门进行了大量的准备工作。某集团军坦克旅调集2000名官兵，工程所需物料正在从四面八方紧张调拨。发展村决口处西岸是市委副书记指挥，东岸是县长指挥。

国家防总、铁道部防汛指挥部给予了大力支持，从9月8日起，从各地调运的石料每天源源不断地发往火车站……

9月11日，发展堵截工程开工，凌晨3点，浓浓的夜色还未完全散尽，让新站人难忘的时刻终于到来了，当第一辆装满石料的大卡车将石料缓缓卸入江中的时候，发展截流阻击战正式打响了，1500名官兵投入这场没有硝烟的战斗，官兵们没有休息，累了就躺在土路上，军装都被汗水沤出一层碱花，卫生员怕他们缺钠中暑，安排吃榨菜补充盐分，一瓶矿泉水一口就见底。

秋风乍起，卷起的大浪徒劳地拍打着大堤。20多天以前，解放军的舟桥就是在这里被洪水推到下游以致当时拦截失利。幸好当时作业的战士第二天被救了上来，现在虽然水势减缓，560米长的溃口处平均水深6.5米，最深的地方达8米。5台卡车抛下去的石料只是激起了层层水花，要在暗流涌动的洪水中筑起一道底宽15米，顶宽5米，高出水面半米的拦洪大坝，不但要求精密的计算水流量、土石的密度，还需要人机默契的配合，土石并用堵截，修建这种难度的拦洪大坝在全省的抗洪史上是没有先例的。

卡车的车轮压在公路边线上，再往溃口处贴一厘米，车就得扎进水里，就是为了靠得近一点把石头都堵在刀刃上。

水面上，官兵驾驶12艘摆渡船往来穿梭，村民们扛起铁锹铲土装袋，运袋接袋，400多人拉成一百多米的战线，沙袋直接码到船里，一船接一船。开到发展村，靠到岸边，把船上的沙袋装进一米见方的铁笼子里，用铁丝拧紧，四个战士一组把笼子推进溃口，笼子刚落地就给冲走了，推一个冲一个。往铁笼子里装石头沉溃口，石头的边角锋利，战士的手被割出一条一条的血口子，石头笼子重，投进去，水花围着笼子打转，石头笼子暂时是站住了。

坦克旅1500名官兵不顾转战9处抗洪阵地的疲劳，他们夜以继日，发扬连续作战、敢打硬仗精神，挑灯夜战，人工投放石料，肩扛手抬，仅11日夜间，全体指战员在部队首长、市委领导同志的指挥下，向泄水口投放石料近百立方米。

为保证部队战斗力及抗洪将士的身体健康，尽快完成合龙任务，市中医院抽调9名业务骨干，成立义务医疗服务队，携带大量药品、医疗器械，利用单位通勤车在发展村截流现场搭建临时医院，驻守在施工现场。他们为战士巡诊治病、送医送药，为前线官兵提供良好的医疗卫生服务，受到部队官兵的一致好评。

9月13日上午，市委书记到发展村截流施工现场视察工程进展情况。

视察中市委书记向日夜奋战在截流一线的全体解放军指战员、市县领导和群众表示亲切慰问，并听取了市委副书记、市水利局局长和县长关于截流工程进展情况的汇报，同时视察了截流施工情况。

市委书记指出：“我们要科学规划，合理分工，统筹安排，尽全力堵住嫩江洪水，让肇源西部乡镇的洪水尽快泄到松花江里去，全力投入抗灾自救、重建家园的工作中。”他要求当地党委政府要做好部队战士的后勤给养工作，让战士们吃好，保持强有力的战斗力。

9月13日下午，市委、市政府派出慰问演出团前往发展村截流工地坦克旅驻地慰问演出。

县委领导在演出前代表县委、县政府等县五大班子发言，对演出团的到来表示热烈欢迎和衷心感谢。演出团一行20多人，为子弟兵演出了精彩的歌曲、相声、诗朗诵等节目，防汛时的点点滴滴都被收录在演出里。同时为子弟兵带来了大米、面粉、猪肉、矿泉水、蔬菜等价值9万元的慰问品。他们的演出为整个军营增添了无比的欢乐，鼓舞了斗志，筑牢了军民鱼水情。

◎ 生死瞬间救七人

9月14日中午，在距发展村二道防线北侧数百米的江面上，五六级狂风呼啸着，掀起了一个又一个开花浪。一艘由新站发展村向义顺乡搬家的灾民小船在江面上起伏不定，左右摇摆，船工极力地控制着小船的重心，艰难地向前划行，这时又一个巨浪袭来，小船再也承受不住这重重地撞击，船体严重倾斜，被狂狼掀翻。3米深的湍急江水中，船上的7个人全部落水。船上的两捆竹竿成了落水者救命的希望，他们手扯竹竿大声呼救，然而他们的呼救声在滔滔水浪声中显得那么的微弱无力，他们感到时间凝固、天地旋转、7条生命在水中挣扎、挣扎着……

这时，在距出事地点200米的地方，一艘小船载着3人顶着风浪缓慢地向前滑行，坐在船头的是县防汛指挥部运输组的谭文明，前一天夜里他奉指挥部命令往前线送铲车，任务完成后，新站镇巴彦村船工包富国听说他俩是来防汛的，就主动送他到对岸。当三人乘着小船向对岸驶来时，突然发现有人意外落水，他们三个同时在想：无论如何也要拼死相救。面对如此大的风浪，尽管小船有倾覆的危险，尽管他们都没有穿救生衣，但谭文明他们还是以最快的速度划向出事地点。小船在风浪中几次严重倾斜差点翻过去，谭文明他们几次打着趔趄险些落入水中。近了，更近了，他们已经清晰地看清落水者的面孔，在水中漂荡的人同时也看到了生的希望，求生的欲望让这几个人几乎同时向小船一侧扑来，这时船体严重倾斜，谭文明大声喊道：“大家不要惊慌，有我们在你们就都安全了，让女同志先上船。”这时濒临绝望的7名落水者冷静下来了，水中唯一的一名女落水者被拽上船，其他6名灾民陆续上了船。由于刚才落水时受到惊吓、呛水，这几个人上船后几乎瘫成一团，语无伦次，都向谭文明、包富国、包三投来感激的目光。

前后拼死相救，只有短短的十几分钟的时间。然而，这是怎样的十几分钟，是对毅力的考验、胆魄的衡量，更是品德的体现。十几分钟虽是短短一瞬，却是生死瞬间。

在肇古公路发展村段执行堵截任务的解放军战士，也发生了惊险一幕。9月18日下午，一艘冲锋舟载着8名解放军战士去截流西岸执行任务，当船行至截流的中间地带时，由于截流造成水流速度加快，受当天大风影响，冲锋舟一下翻了过去，8名解放军全部落水，险情发生后，附近正在实施堵截洪水的船只马上前来救援。由于解放军战士都穿着救生衣，不会被冲走太远，半个小时，8名解放军被全部救起，有惊无险。

公路上的这些卡车平时都是拉土运玉米的，为了赶时间，装石头时就直接用吊车往车厢里落石头，也没个轻重，没运几趟，车厢的车漆就花了，车板也被砸得坑坑洼洼的了，平时这车就是车主的心肝，擦车用的毛巾比擦脸的还讲究呢，现在，不能心疼，用手蹭蹭，继续跑，每个人都是螺丝钉，拧进拦截大坝的这座机械里。一幅气势恢宏的系统作业图覆盖在发展溃口周围的山水之上，其间的每一组画面都跳动着同样一个词组——争分夺秒！

合龙速度缓慢，按照目前这个速度，10月1日前是完不成合龙的，指挥部决定用客车装满石头堵口子。被征来十多辆的客车一字排开，车主站在车前看着田书记，等着他一声令下。田书记握住司机们的手说："请你们放心，政府会按价赔给你们的，不能亏着咱们老百姓。"

战士把客车窗户的玻璃打碎，往里面填石头，满满的一车石头，司机发动车，客车尾部冒起黑烟，滚滚的呛人，后轮打空转，战士们在后边推，“一二三，一二三，”司机油门踩到底把车开到了岸边，拿起沙袋压在油门上，挂上三挡，揣上驾驶证，就跳下客车，客车冲进了溃口，司机站在岸边看着尾灯渐渐消失，一辆接一辆的客车沉到了溃口的底部，这里都是沙土地，沙基坝，沉下的客车相当于做了新的坝基，再投下沙袋就能停住了，降低了水流速度。摆渡船上的战士看见扔下的沙袋不会顺水跑了，来来回回干活儿的速度更快了，说话声都带着笑。

◎ 军民服务后勤“兵”

省运管站临时征用了300辆各式汽车，这三百多司机的吃饭、住宿、车辆维护、加油、修理、编号、记账琐事铺天盖地，千头万绪，镇政府按照县指挥部的要求成立了后勤保障组，安排六组人为现场人员提供后勤保障。

现场组带着工人装卸石料，工人大部分是临县的农民，干农活儿出身，这与卸石头是两股劲，干了一天就卸不动了，胳膊腿都抽筋了，镇干部让工人歇两趟，他们上；车管组带着六名警察，沿途检查运输情况，车要装满，货要送到，保证及时运达，这些干部前两天还在巡堤，扛沙袋。干的是武活儿，现在要做后勤事杂面广是文活儿，每天工作15个小时以上，累得迈不动步，哑得说不出话来，陈书记说现在的干部得文武全才啊。

在发展村阻击战前，陈书记召开班子会，目前形势发生了变化，需要调整思路。其他人早早就过去了，大家明白防汛工作需要转段了，很多事需要一起商量，到了会议室就开始讨论。王玉辅镇长、副书记王作林和韩凤海他们三个迟到了，陈书记指着王镇长的鼻子说："这么重要的会议，在分秒必争的时候召开，大家都在等你们开会，如果因为你们来晚了给前方抢险造成人员伤亡、财产损失，你们能负得起责任吗？"王镇长刚说这大坝都已经决口了，只剩下救灾的事了，哪有那么危险那么急的。陈书记站起来直接把他们三个开了出去："你们三个不用参加今天这个会了，该干啥干啥去！"王镇长一甩袖子"这是你撵我走的，班子开会不让镇长参加。"班子成员你看看我，我看看你谁也不敢把王镇长拉回来。

陈书记有点心口疼，平时都是速效救心丸不离身，这些天的操劳把他的身体拖垮了，坐那喘了两口气给班子成员进行分工："王镇长负责后勤保障，没参会的三人由秘书通知他们本人半小时内都到岗到位，如果半小时内不到位按临阵脱逃处理！汛情就是命令！"

陈书记分完工，坐在办公桌前，陷入了沉思：从开始汛情紧张到现在，67天发生的事情太多了，他拿出笔纸，开始梳理自己的思绪，这67天漫长，拼搏，看着院里堆积如山的物资，顿时觉得自己身上的担子比巡堤时还重，街道、公路、电路等，几乎所有能看得到的东西都需要重建，老百姓的家被洪水淹了，现在要给他们重建房屋，让他们有家。

陈书记心越想越沉重，重建工作不是盖房子修路那么简单的，庄稼淹了，老百姓的收成在哪？明年的土地能不能恢复到过去耕种的水平？农民种不了地能不能出去打工？陈书记在办公室待了三个多小时，想出些头绪，马上就和县委田书记汇报。刚站起来时，心脏怦怦跳得像要冲出喉咙，他扶墙坐下了，整个走廊一个人没有，前屋就剩陈秘书值班。陈书记坐在水泥地上，缓了好一会儿，慢慢站起来，脑梗塞让他走路往左边使劲，走几步就要贴上西墙。

馒头，榨菜，矿泉水……一车车送来，小山一样堆积在库房里，食堂做饭的于师傅带着小侄子主动留在了后勤组，俩人成宿不睡觉，晚上9点开始装袋。把两个面包、一袋榨菜、一瓶矿泉水装在一个方便袋里，这就是一个人的早餐了，需要给600名同志准备，也就是要装600份，一座座小山被渐渐拆光，另一座小山又渐渐堆起。漫漫长夜，于师傅一想到他这是给600人准备的饭菜，觉得自己责任重大，就怕耽误事，不能让干活儿人饿肚子。装完早餐，再接着装午餐：两个馒头、一盒午餐肉、一瓶水。装运石料的火车站到发展村有110多公里，每天一个往返，午饭只能在路途中吃，每天早晨出发前，必须把600份早午餐分装完。

在截流工地路边，树底下支起了一顶顶的帐篷，炉灶有序地排列，在截流现场的东西两端和摆渡船上设立了6个伙食点，为抢险部队官兵和运输车辆司机提供后勤保障，服务近千人。在这些伙食点，三五成群的人里里外外的，一会儿搬运物资，一会儿劈柴烧水……这就是新站镇人民为截流军民服务组成的后勤“兵”。

这些后勤“兵”由镇村干部和自发而来的村民组成，发展村这几个村民家里的房子倒了，庄稼还在水里泡着，他们说家里头都这样了，寻思也没啥用，不如现在出点力，赶紧把水排出去，来年就能种地，日子就开始变好了。朴素的希望开始发芽，村民的眼睛里开始有光了。

洪水将农贸市场冲毁了，商店里头也没啥货了，看着众人干活儿的劲头，镇里负责采购的同志，在西岸的，去附近的古龙镇采购，东岸的，去民意乡和茂兴镇采购，这些乡镇也都不同程度地遭受了水灾，物资供应了四五天，也开始短缺了。他们就开始挨家挨户筹集，十家八户地凑，筹到1000人的吃喝为止，有时候往回返天都黑了，他们摸着两面是水的险道把菜送到伙食点，要不然第二天就断顿了，巧妇难为无米之炊啊。

◎ 精卫填海庆合龙

火车站运来的石料有4000立方米，被堆放在距截流20公里处，看着石料用不上，谁看谁着急。指挥部紧急调度130台卡巴斯负责运送石料。这种车在正常公路上发挥的作用威力无比，可在这里却使不上劲儿。公路普遍都被洪水覆盖，个别地段还有很深的积水，柏油路面上密密麻麻的小口子，人一踩过去就呲呲地冒水，路基没有足够的支撑力，当装满石料的大卡巴斯车碾过时，路面忽悠一下深陷进去，积水马上漫过来把坑填满，十个人围着一台车忙乎，帮推的，拿扫帚扫水的，还有往车轮子底下垫沙袋的，人们不断地清除路面上的积水，车还是常常陷住，蜗牛一般地爬行……

卡巴斯车运力强，但车体重，在公路上陷进去就耽误事，前后一堵，十多辆车都要停下，后来陈书记想了个土办法，用麻袋装土垫路，不仅固土，还防滑。压下去一层，再垫上一层，这招还真管用，车先不跑了，路面空出来，7万条麻袋垫上去了，把路脊垫高，两侧挖沟，这样路面就不存水了；修200米左右开两个道眼儿，车辆可随时变道，护路时不影响通行，就地取材，在路面上扎木排，终于控制住了路基下陷。陈书记向县委建议撤掉大卡巴斯车，让附近的村屯送来四轮车运送石料……

县委一声令下，西岸的三个乡镇全力支持，只要是能开动的四轮车都开过来，当天下午，100多台四轮车都到了。路面窄，装载机施展不开，还需要人力，陈书记紧急动员，西部四个村来了400人装车，东部三个村来了200人装车。现场热火朝天，村民们越干劲头越足，来的时候都自备干粮了，怀里揣的馒头、咸菜，他们就怕多出这好几百口人的午饭会给镇里增加负担。陈书记看着眼泪止不住，这几天流下的眼泪比前半辈子流的汗都多。仅仅两个昼夜，4000多立方米的石料就全部运到了截流处，填入了大型机械的巨口，抛入水底。千钧之重抵住了强劲的暗流，在水下沉淀……

自发展截流阻击战役打响后，县镇电业部门积极提供服务，仅用两天时间架设供电线路600多米，安装照明灯70盏，探照灯5盏，配备发电机组2台，为夜间施工提供照明。

9月11日晚，秋意浓，晚风袭来，让人感到有些凉意，零星地洒落着细雨，洪水拍在坝上，激起的浪花溅落在抢险队队员身上，一场秋雨一场凉，他们的衣服全都湿透了，冻得全身直哆嗦，白天路面都被四轮车占满了，队员们利用夜间机械作业检修的时间，挑灯夜战，人工投放石料，不如四轮车的量大，但是投放的位置准确，手抬肩扛，这600多人就是这样连轴转，披星戴月，以精卫填海的精神和愚公移山的意志，在水深流急的洪水中筑造这条军民连心路。

实践出真知，群众最有智慧，合龙过程中总结了八句话："先码两长角，后摆两条边，两角间距五米宽，两边成直线，大块石向前抛，小块找平面，露出水面八寸高，严把纵向关。"

溃口越来越小，积水越来越浅，水流越来越急，洪水的大浪一排排地击打着堤岸，公路路面湿滑，运土石的车辆开过去时，不停地打滑，车辆歪歪斜斜的冲向路边，陈书记责令韩文华带几个人去伐树，树不能太粗，直径5厘米粗的最好，伐了百十来根，拉回来卸在公路上，树头放在水中消浪，树干排在路面，加大摩擦力，好让车轮抓住地。边摆树，边清理掉在路上的石头块，方便车辆通行。

烈日下，暴雨中，秋风里，军民携手共筑连心路；愚公移山，奋战不息，精卫填海，夜以继日……铁锹，铲坏了一把又一把；丝袋，抛出了一船又一船；胶鞋，穿坏了一双又一双；手，磨破了一层又一层皮……截流之战每天都是倒计时。

550米，50米，20米，10米，2米，1米……合龙了！此时此刻，无法用语言表达这激动人心的时刻，洪水被截流，凯歌已经奏响。历史将永远铭记这一时刻：1998年9月21日17时20分，当最后一辆大型装载车将石料缓缓卸入江中，肆虐了37天的嫩江洪水终于被拦腰截断。此时，历时18天的发展村截流工程画上了圆满的句号。秋天的夕阳透着喜悦的光芒，在肇源人民的期盼里，发展大坝提前合龙。大水退去，被洪水切断了一个多月的交通大动脉省级公路终于又连合在一起，金色的公路啊！一时间鞭炮齐鸣，掌声雷动，人们纵声欢呼着雀跃着，任一行行欣喜的泪水在脸上肆意流淌。一条条鱼儿也争相跃出波光粼粼的江水，跳上刚刚修筑的石头坝上，共同庆祝这一难忘时刻。

自8月18日发展村二道防线溃口以来，嫩江洪水如脱缰野马肆无忌惮地从这里涌向美丽富饶的松嫩平原，大片大片的良田被淹，数以万计的房屋被毁，肆虐的洪水以每天1亿立方米的流量泄入我县西部乡镇，使大部分受灾乡镇生产无法恢复，家园无法重建。拦截洪水、修筑大堤已迫在眉睫。

这条大坝的筑成，将会减轻嫩江洪水对库里泡三道防线的压力，使滞留在肇源县境内的洪水减少，从而为肇源县的抗灾自救、恢复生产、重建家园争取了宝贵的时间，也标志着肇源县的抗洪抢险斗争取得了决定性的胜利。

当电视播出发展村大堤合龙的新闻时，新站的老百姓简直不敢相信自己的眼睛和耳朵。在那身穿迷彩服搬石料的人群中，发现了县委书记田凤春的身影！他，蓬乱的头发，疲惫的面容，裤腿上都是泥巴，破旧的迷彩服……都无言地陈述着在这些不寻常的日子里他的不寻常的付出。他已经疲惫不堪，已经声嘶力竭。

这条大坝的合龙，将会减轻嫩江洪水对库里泡三道防线的压力，使滞留肇源境内的洪水从源头上大大减少；它是肇源县西北各乡镇与县市连接的生命线，防洪物资，医疗药品，建筑材料，衣被粮食……通过它的脊背源源不断地运往灾区。这也是堤，它表面上露出的部分只是整体的百分之一，那深卧水下的石墙有如泰山之重，牢牢地锁住了猖狂一时的胖头泡洪水。

发展村大坝合龙，为抗灾自救、恢复生产、重建家园争取了宝贵时间，也标志着肇源县抗洪抢险斗争取得了决定性的胜利。抗洪精神就是万众一心、众志成城、不怕困难、顽强拼搏，坚韧不拔、敢于胜利、奋不顾身。

发展村大堤实际阻截长度 550 米，用石料 20000 立方米，动用车辆 2181 辆，投入人力 21450 人次，其中武警 115 师出动 17400 人次，动用摆渡船 12 艘，共运送省、市领导和工程技术人员 40 多次，运送战士抢险抛石 720 多次，调运车辆 150 台次，抛运沙袋 50 万条。

◎ 郑妈巧遇当兵儿

9月22日上午6时，在赶牛道抗洪一线奋斗了一个多月的解放军，修筑石头大坝成功拦截了嫩江洪水后开始撤离。首批撤离的解放军官兵为了不惊动群众，凌晨4时就开始集合，6时许从赶牛道驻地出发。但是路上仍有近500名群众自发行动，早早地在路旁等待，送别人民子弟兵。送行的人群中有人把煮熟的鸡蛋装袋扔到车上，沙果、柿子、葡萄一袋袋扔到解放军的车上。解放军战士不忍心收这些被洪水淹没了房子和庄稼乡亲们的食品，就把东西扔下去，群众再扔回车上，子弟兵在车上抹眼泪，群众跟着解放军的卡车跑，不停地往车上扔食品。

从村里赶来送解放军的郑妈妈煮好了几兜鸡蛋，解放军士兵在缓缓开过来的军车上向送别的乡亲们挥手告别，郑妈妈煮的是自己喂养的笨鸡蛋，从闹大水家里的房子被淹后，地里的庄稼也都被洪水淹没了，在山上支个简易帐篷将就住着，把家里仅剩的几只老母鸡也抓到帐篷里养着，每天能捡两三个鸡蛋，攒着给当兵的儿子吃，前段时间跑遍松嫩大堤找了好几天也没找到儿子。

听说帮堵完口子的解放军明天就撤离了，郑妈妈把留给儿子吃的鸡蛋都煮上了，郑妈妈扔到车上两袋鸡蛋后，只剩下一袋鸡蛋了，车队的速度逐渐加快了，她本身有肺气喘病跟不上车队，站在路边喘气。

郑妈妈一回头看见还有一辆军车正开过来，郑妈妈憋足劲盯着军车，车头刚过来，她抡起胳膊就把手里这兜鸡蛋扔到车上，车上最后一排的一个矮个解放军战士接到鸡蛋后，瞅了瞅扔鸡蛋的郑妈，又把这兜鸡蛋扔了回去。郑妈妈抬头一看扔鸡蛋的正是自己的儿子郑强，年仅 19 岁的他参军到中国人民解放军高炮旅某部，随所在部队参加嫩江抗洪抢险任务。换防回了家乡，这段时间他和战友们 24 小时守在大坝，看着家被洪水淹没，硬把眼泪憋回去，嗓子上火说不出话来，一次次望着家的方向，白茫茫的一片，唯有用身体和跟洪水对抗，一次次冒雨跳进齐腰深的水中打桩、填沙袋，这里有他的妈妈、爸爸啊。

郑妈妈满脸是泪，声音却是喜悦的："儿子，家里房子山墙没倒，水撤了就能搬回去，不用惦记我和你爸，家里都挺好，你要听部队的话啊，儿子。"郑强向妈妈挥手，不让她追，郑强靠在战友的肩上放声痛哭，军车很快消失在郑妈妈模糊的视线中，她盯着客车的方向，坐在路中间抱着鸡蛋眼泪唰唰地流了下来。

第九章　清障泄洪建家园

1932年发生特大洪水，整个肇源全域成了一片汪洋，伪县长丢下灾民不顾，携眷属连同大小官吏一起逃往老街基。灾民没吃的，没住处，哀鸿遍野……

1957年发生特大洪灾，虽经13.7万人艰苦奋战，保住了县城，但城外的土地大面积被冲毁，洪水滞留境内四五年，百姓十户搬走了六户……

1998年松嫩两江流域发生特大洪水，水位涨幅突破了历史记录。8月15日，胖头泡国堤漫堤决口9天后，洪水摧毁了肇源西部的农田、村屯、铁路、公路和桥梁，淹没区洪水总量达43亿立方米。

淹没区水位迅速上升，水位高程达到132.30米，县城西部洪水淹没区成了一片汪洋，浑黄的水中漂着猫、狗、猪的尸体，庄稼秸秆、房子的檩木、锅盖……漂浮的红澡盆里瑟缩着几只母鸡，仅露树梢的枝条上攀附着成串的老鼠、成团的蚂蚁……岸边是一层层的混浊水沫子，裹着看不出形状的垃圾，散发出令人恶心的腥臭味。

◎ 开渠破路泄洪水

镇里成立清障泄洪疏导队，由包维一担任队长，成员有自告奋勇来参加的二嘎子和各村抽调的基干民兵，民兵们的家都被淹了，老婆孩子都住在救灾的帐篷里，吃的是赈灾粮，他们这些大男人咽不下去白给的粮食，听说清障还需要人，不用动员就来了。

他们肩负着清障泄洪的先行任务，洪水不肯轻易离开它们占据的土地，胖头泡决口出水口退水速度逐日下降。包维一率领勘测队技术人员王世成在“海”中测算了一整天，基本摸清了水下情况。必须得扫清阻水障碍，打通水下大通道，才能让洪水加快流速归江，水上的形势不容乐观，洪水已将山包、沟壑、村庄和田地摇荡成一个平面，白茫茫的，记忆中的参照物都看不见了，决口时把不少堤上加固的石头、钢筋冲了下来，现在它们也被埋在水里。水下危机四伏，深浅不一，站在这片熟悉的土地，所见都是陌生的……

清障机船艰难地航行，包维一看着民兵们穿上胶皮靴子，他把队员们领出来，要安全的带回去。头顶上纵横交错的高压线太多了，嘱咐队员们全身上下一根铁丝都不能有，队员手里拿个木杆子，万一碰上好挑起来让船通过，水底下说不定是啥东西在等着。清障第一天，民兵们的精神高度紧张，这活儿比扛沙袋难干多了。晚上天黑，下雨了，清障船没有棚，下多少雨悉数全浇在他们身上。雨下大了，风也刮起来了，溅起的水和天上下着的雨流进船舱。

这伙人赶紧拿盆子淘水，边淘边看天，这种灰蒙蒙的天，雨下起来就不会停，他们迷失了方向，小船在黑夜中毫无方向地漂，随它漂去，他们得先把船保住。波涛啪啪地拍着船舷，这船是从航运公司紧急拨过来的，这船年头也不少了，就怕生锈的地方被拍烂。他们没有放弃，闭着眼睛淘水，盼着能漂有到人的地方。凌晨三点多，天快亮了，他们漂到永安村冈上，这里有几座房子没倒，还有人在院子里干活儿，看着他们眼睛都直了，这是从哪来的啊，下船时他们手脚冰凉，总算是得救了。农户炖了一锅鱼，啥佐料都没有，水把小院里的菜都泡烂了，蒸了一大锅米饭，包维一说："这日子在变好，别管吃啥，咱们现在能在家里头吃热乎饭，证明咱们的活儿没白干。"民兵们说啥时候能在自己家吃饭就妥了，会有那么一天。

需要清障泄洪的，都是在水中行船最危险的地方。陈书记一遍遍地嘱咐包维一必须要注意安全，安全大于天。包维一知道身上的担子有多重，民兵们从防汛开始干到现在，身体都极度疲惫了，心理上也开始烦躁、焦虑，这一路上看到的景象他们难以承受，情绪得不到排解，每个队员的心理都在临界点上。包维一引导他们说话，讲他当兵时抗洪的事迹，在水里作业小腿泡溃疡了，随队伍撤离后溃烂了，回到部队后做清创，现在小腿那还有碗大的一个坑呢，听完队员们平静了下来，苦难是无可逃避的，咱们比包部长当兵时条件好多了，啥事就怕比较，一比较现在很幸福。清障队员们要承受风吹、日晒、雨淋，忍饥挨饿受冻，还要时时刻刻面对危险。抗灾，把民兵推到了最前沿。淹没区成了他们的新战场，坚固的阻水障碍物就是他们的敌人。从9月10日水位低于131.70米开始，到农历小年，清障泄洪抢险队走遍了被洪水淹没的9个村，找准疏通排水通道5 00多个钥匙口。

当初人们在修建公路、堤坝等建筑物时唯恐不坚固，而今在淹没区排水通道上却成了令人头疼的障碍物。漫无边际的洪水阻隔着，大机械无法靠近发挥作用，锹镐刨上去连个痕迹都没留下，入冬的时间不等人，陈书记向田书记汇报清障缓慢，需要调整方案，田书记要求县人民武装部来爆破，爆破成了无奈之下的选择。

县人民武装部对农场公路和供水大干线进行爆破，10吨炸药被分配在若干个爆破点，同时引爆，爆炸声中一个个的阻水障碍被清除了，水下大通道的门闩被一一打开……

◎ 生死之间斗洪魔

清障泄洪最初的日子，很多人不理解。有人说："我奶奶说1932年大水上来一两个月，封地前就自己撤回去了，第二年种地啥也没影响，根本不用什么清障泄洪，这水从哪来的最终还得原路返回去，不用管它。"

包维一说："哥们儿啊，你是没到现场看啊，现在这水利工程可比早年间多多了，公路、村路、通屯路和田间路密密麻麻的，漫堤决口时水是从高地灌下来的，流入的洪水被地上的各种路分成了一格子一格子的，就跟稻田池子似的，洪水怎么向高处飞出去呢？水能往高处流吗？1932年距今已经过去了六十多年，那个年代没有啥工程设施，水来水去没啥障碍，现在和那年月的水下情况已经大不一样了。”

对于清障泄洪队员来说每一天都是生与死的考验，最难忘的就是1998年10月1日国庆节的暴雨之夜，清障队在胖头泡漫堤决口的东侧清理四合村阻水的供水干线，水下的障碍太多，船被阻停了6次，队员们下水在石头上绑上钢绳，人分两组，分头将石头上的渔网收到了船上，水流一下就大了，傍晚收工后，两艘船接走了第一批40名清障队员，还有32人在原地等候。6点多，刮起凉风，乌云从西面飘过来，眼看着在整个天空蔓延开来，暴风雨就要来了。包维一看这天气要变，让船工马上返回去接那32人，船工提醒包维一：“这天气不能再出船了，风浪大容易把船扣里头。”包维一向船工一瞪眼：“下刀子都得给我回去，还有那30多人在胖头泡东侧送水干线上等着呢，这样的暴风雨天气他们哪有站脚的地儿，必须把人都给我接回来！”包维一拉着船工、赵献涛三人默默地开上两艘船向西奔去。

没走多远，这雨就下成暴雨了，天黑的都看不清水了，船顶着风雨艰难地前进。包维一乘坐的那艘小船螺旋桨缠上了挂网，发动机熄火了，小船被急流推进大泡底深水区。船工俯身去割船下的挂网。猛地，一阵大风把船上的苫布掀掉了，拉得小船向左倾斜，洪水哗哗流进船舱，老船工喊：“快过来拽布！”他和包维一合力拉回了苫布，系在船帮上，小船剧烈地摇晃，船舱的积水已经过半，包维一淘水，船工掌舵继续前行。

风雨中，天地融为一体，混混沌沌，辨别方向只能靠闪电的那一瞬间。咔嚓咔嚓的炸雷听的人心有余悸，谁都不说话默默地往前行，船工惊呼："不好，这下可坏了。"吓得包维一一激灵，抬头看见前面有一条白带，传来轰轰的流水声，是胖头泡泄洪口北侧。这里的水流落差得有两多米，底下就是旋涡，小船要是扎进去，那就出不来了！船工急忙往左侧调转船头，水流把船往旋涡里带，他们两人把身体紧贴在船的右侧才驶了出来，刚才吓出一身冷汗的包维一对船工说："龙王爷知道咱们是去救人的，不能把咱们留在这儿，只要活着就要去救那些被困的队员。"说得船工哭了起来，哽咽地说："我是头一回遇到啊，你们当官的咋比我们老百姓的胆子还大呢，这回你说咋干就咋干……"

32名泄洪队员被困在了胖头泡决口南侧水渠的清障泄洪工地，工地不足60平方米，距胖头泡漫堤决口处不足百米，水深流急，四周哪里都靠不上。一开始队员们往水里扔木杆打算趴上面游出去，木杆子一个浪就没影了。东北风雨下了一阵又一阵，暴雨、洪水、雷电的声音结成恐怖的网，队员们蜷缩着身体蹲在那里。还是早晨出来时吃的饭，冷，饿，还有恐惧。太冷了，几个人挤在一起，希望能得到彼此的体温。他们困了也不敢睡觉，怕落水被冲走。

但是他们坚信包维一一定会回来接他们的，这些民兵都是包维一带出来的，包维一是他们的班长，队员们心里坚信下刀子包维一都会来接他们的。他们一直等到凌晨一点，终于看见船了。

队员们互相搀着站起来走向船，包维一他们三个没敢下船，怕溜船，队员们看到包维一时一脸委屈，包维一拍着他们的肩膀："来晚了，我们来得太晚了。"赵献涛满脸倦色，一身泥水，清点完队员人数一屁股就坐在了船板上，太乏了。什么语言也比不上亲眼看到干部群众风雨同舟、生死相依更有说服力。

返回的途中，后面船的柴油机突然灭火了，怎么摇也摇不着火了，就用前面的船带后船，走进新站大泡底深水区，前面的船也熄火摇不着了，包维一跳上后面的船："大家不要乱动，听我指挥，左右坐的人数都要 12 人，现在咱们拿铁锹听我口令划船。一二一，一二一……"队员们看到包维一和他们上一条船了，就不慌了，随着他的口号开始划。天蒙蒙亮了，模模糊糊的能看见码头了，包维一担心大家的安全，让两条船顺着风浪向南侧漂去，永安村后面有树林，水底下没啥障碍，水浅，他们漂到树地，顺着浅水区用铁锹划船。早上 6 点终于回到了码头，整整一夜有惊无险，无一人伤亡。

◎ 清障发明救命绳

淹没区水下情况太复杂了，小山包、沟壑、村庄和田园都在水里泡着，水下危机四伏，那年天气也反复无常。

有时平静的水面突然刮起四五级大风，船上队员的衣服早就被溅起的浪花湿透，激起的浪花劈头盖脸地砸向船舱，船舱里的人不停地向外淘水。船顶着浪走，上下颠簸，胃里的东西都要晃出来了；随着浪走，船左右摇晃，水就进船了，赶紧淘水；大雨时，江面就像一块灰布，眼睛被蒙住了，不知道自己在哪，没了方向感。

洪水一点点的撤了，高冈上露出了一个个的屋脊，泄洪口的水层变薄了，淹没区的土地还在洪水里泡着。时间就是一切。如何加大水的流速？这个难题把陈书记难住了，有人提议再进行爆破，之前的那次爆破是因为障碍物把水堵得死死的，连缝都没有，陈书记认为爆破的副作用也不小，眼前的事解决了，事后清理耗时耗力，最稳妥的还得是深挖泄洪口，把洪水撤出去的通道挖好。通道就是脚下这块地方，早就被洪水泡得松软失去支撑力了。队员们挖自己脚下，这就是困难点，边挖边撤，包维一的声音时时响起："注意脚底下，都机灵点，人和人之间拉开距离，随时准备撤。"队员们的铁锹刚一下去，一股水就冒了上来，这地都快成井了，一锹下去一口井。包维一有点害怕，队员们可能随时随脚下的泥土被冲进大江，他一时都不敢忘陈书记的嘱咐，一定要安安全全，他想起了当年他们防汛时的办法——棉绳。先将粗棉绳拴在树或铁锹上，铁锹深深插入土中，在粗棉绳上拴数条细棉绳，细棉绳的另一头系在清障泄洪队员腰间。这样，不论身后的洪水怎样呼啸，即使脚下的泥土不断移动陷落，队员们都可以放心挖掘，这就是救命绳。马上实施，队员们腰上都绑了一根棉绳，有的还要横向绑，队员之间绑，包维一不让，这样挖土的人心里有底了，清障的速度也上来了。后来棉绳作战战术又有改变，开始拴在船上了，将船放在深水中，泄洪队员可以站在船上将深水中的孤岛清除。队员们开玩笑说："这回泄洪我们真成了拴在一条绳上的蚂蚱"。

国庆节假期，清障泄洪队员们没有休息。这时新站镇的温差就加大了，一早一晚开始结冰了。队员们在刺骨的深水中艰难地挖掘。这天电视台记者来采访，镜头对准一名正在干活儿的新路村清障泄洪队员，这名队员连忙摆手说："你可别录我，要是我妈和我媳妇在电视上看见我干这么危险的活儿，又要惦记我了，又该托人捎信让我回去了。我在这里咋干都不怕，就怕家人哭着闹着来找我回去，我就想多干点活儿，好让这洪水早点回老家去。"这是他发自内心的话。为了不让洪水"住家"，镇党委早早地在灾情最重时就已经启动了清障泄洪这项工作。那时，清障泄洪队队长包维一有一个形象的概括，叫作"三无"：当时抗洪抢险和灾民生活是新闻热点，清障泄洪无人知晓；水中的障碍越挖越多，疏导队员仿佛被洪水判了"无期徒刑"；队员们无后勤服务和救生设备设施。这不是牢骚，这是对清障泄洪工作最初阶段真实的记录和描述。

面对着"无限循环"的洪水，干着无名英雄的活儿，执行着与洪水共进退的任务，这支清障队伍党员靠党性，干部靠德性，抢险队队员靠血性坚持到了最后。

疏导队员的工作老百姓也不理解。秋去冬来，疏导队员提前进入了冬季，穿上了棉衣棉裤。今秋抢上一天，明春夺回一季；今秋抢上一月，明年夺回一年。

有一天傍晚，泄洪队员赵献涛从前线回来往家走，打算换身衣服，身上都臭了，新站老街里有几个妇女指着他穿着肮脏的棉袄和救生衣的背影说：“这不是镇里的干部吗？咋好像老疯子呢，你看那头发那么长，那么疲惫憔悴，像是抗洪的？”一个年龄偏大的妇女说。

“你可别瞎说了，现在都啥时候了，还抗洪，电视里不是报了，抗洪总结表彰大会都开完了，不定干啥事去了。”另一个妇女说。赵献涛急急地往家赶，没有时间理会这些整天嚼舌根的人，他还着急回家呢。

最艰难的时候，清障泄洪队员挺住了。重建家园的强烈愿望和必胜的信念支撑着他们发挥超常的耐力。

水位日渐回落，露出的障碍也日渐增多。先挖过的地方几天以后又重新裸露出石头成为新的障碍，就像男人剃而复出的胡须。一眼看不到头的阻水障碍，得把这些障碍连根拔出来，像拔牙一样，太多了，队员们只能先挑露出水面部分多的地方清理，一层层地挖，挖不动的地方就先把周围清出来，最后没啥依靠了，这个“牙”也就拔下来了。队员早出晚归，饿了就吃凉馒头，舍不得把时间浪费在来回的路上，挤时间清除阻水障碍物，铁锹都磨亮了，都削薄了，田地、道路一点点地在洪水中显现，疏导队员在艰苦的劳动中看到了自己的劳动成果，能看见地里的苞米秆了。包维一和队员们干一阵，傻乐一阵，对清障泄洪的工作有了一个新的概括，叫作“三有”：完成疏导任务指日可待，有盼头；清障泄洪引起了社会关注，有知名度；战胜了漫无边际的洪水，回答了人们的担忧和疑问，有成果。

◎ 三九天泄洪排水

进入 11 月中旬，快封江了，江面可以跑冰排了，清障泄洪需要破冰作业，最难的时刻到了。为保证“一年受灾，一年恢复，两年发展”的目标能够如期实现，镇党委提出破冰泄洪，保证明年全部农田恢复生产。

寒冬腊月，吐气成冰。赵献涛领着队员冒着零下 30 多度的严寒，坐在四轮车后面的露天斗里满冰面上跑，车轮都套上了铁链子，增加摩擦力，这伙人挥镐刨冰，一镐下去两厘米都没凿进去，都是冻层，得把这些冰清出去才能泄洪，水里面有地方还没冻透，刨深了由于冰面下沉还往上冒水，冬天干这些泥泥水水的活儿，队员们的手脚被冻伤了，脸上起了冻疮。

破冰机泵强排积水在新站历史上是第一次。一排排水泵喷出来的水结成一个个冰桶，斜指天空，它缓慢地延伸着，冰桶剔透，阳光下这一排排冰桶很美，美得都不真实。这些队员们都感叹大自然的鬼斧神工。这些冰桶得马上敲掉，它们结冰了就会把底下的水给憋住了，天太冷了，几个小时就会在水泵出水口冻成冰坨子，清理不及时，水泵、管子、冰坨子又会冻在一起，副镇长邢传军他们每天都盯着水泵，及时处理刚冻上的冰。

最多时候40台机器同时作业，一边是锃亮的冰面，一边是胖头泡大沟，大泡底是个盆底坑，存水量近一亿立方米，不通过机泵强排库存的水无法自流进入嫩江。滔滔不绝的洪水被抽到沟里。机器是24马力的柴油机，水泵是300毫米的，冬季对油品要求严格，一定是防冻—35#柴油，油号不够，机器就熄火，再打火就打不着，四轮车的水泵也冻上了，都得用喷灯烤热了再干活儿。

邢传军带领机泵手冬天住在帐篷里，吃方便面，喝矿泉水，一天到晚没有热乎气。1998年，这些人就是在胖头泡大坝帐篷里过年的。冬天的帐篷不保暖，要烧炉子，停火就冷，可是偏偏救灾拉来的煤还不好烧。

农业机械学校毕业的副镇长邢传军没想到念书时学会的知识这里派上用场了。安装机泵，是技术活儿，民工们不会，需要他下水示范，一时半会还学不会，大部分的水泵都需要邢传军下水安装，脚刚碰到水，刺骨的寒气就爬上来了，周围的冰渣冻得人喘不过气，戴手套拧不上螺丝，邢传军咬着摘下的手套，手碰到水泵，铁的寒气要把人的这口热乎气抽走，沾水的湿手碰到铁就被冻住，得用水冲一下才能和铁分开，如果硬拽，肉皮就会被拽下一块。出水管溅出的水花在皮带轮上冻冰，需要烤化了再重新安装好，泥里水里一折腾就是几个小时。民工和干部一样干，干部带着民工干。按镇里的规定，民工在这里干活儿是有补助的，干部没有补助，但风险一点不比民工少，细算起来干部出的力、流的汗，比民工要多得多，邢传军他们这些干部就是凭着这份责任感和使命感工作着。

12月23日，赵献涛率领队员从新站大泡底到四合胖头泡清理完网具后，主攻胖头泡决口前面阻水的灌水渠，这里水深流急，水流上有段清口，没封住冰，只有蹚过这段浅水区才能到达要清障的地点，第一车队员来了没人敢下去，大伙站在那东张西望的，二嘎子他们第二车队员到达后，一看好几十号人干瞅着，二嘎子自告奋勇要蹚水过去，赵献涛在他身上系了个棉绳，这头在赵献涛手里拽着，二嘎子用铁锹探路，到了清口，二嘎子用铁锹支在冰上，身子一跃，到了对面，二嘎子起了个好头，其他人都纷纷蹚过去了，清完这片阻水最严重的地方就吃中午饭了，赵献涛说这里到胖头泡决口处应该还有阻水的地方，不然这里的水落差比现在还要大几倍，"吃完这口饭，我再去找。"二嘎子嘴里嚼着饭说。

吃完午饭，二嘎子、陈军和两名队员坐上四轮车沿着冰面往前查找阻水点，赵献涛看见他们没穿救生衣，招呼四轮车停车，风大司机听不见，他们急忙往车上扔了几件救生衣，在车上四个人三件救生衣，两名清障队员先穿上了，剩一件，陈军让二嘎子穿上，二嘎子说："老陈，咱俩可是患难的生死弟兄，我二嘎子命大，你年龄大，腿脚还不好使，来，给你穿上。"说着就把救生衣穿到陈军身上。

当车行至距胖头泡决口处一百多米的时候，车打滑了，车头转了回来，车尾突然扑通掉进水里了，这里有清口，水深，车头让车尾拽着，一点点地往后出溜，司机最先跳下车跑了出来，二嘎子、陈军和两名队员在车斗里还没回过神来，就一起沉入水中。司机趴在冰上喊他们的名字，两名清障队员一起露出了水面，头发上一层冰，爬上冰面，司机喊着：“快往我这面爬。”司机带着这俩人跑到了远处，告诉他俩拿雪搓手，搓脸，又往回跑，接着露出水面的是陈军，他脑袋刚出水面就问：“车里的人都上来没有？”司机说就差二嘎子了。远处的浮冰上传来声音：“老陈，我说我命大啥也不怕，冰窟窿里潇洒走一回。”二嘎子爬上浮冰，说着话正要站起来时，浮冰一晃动，脚底下一滑，一个趔趄向后掉进了水里，把扒住冰面的陈军也砸进了水里，二嘎子不见了，陈军也不见了，怎么喊也没人回答。

又过了几分钟，俩人同时从水面浮上来了，这回司机喊让他俩陆续爬冰过来，二嘎子吓得爬到安全区了还不敢站起来，生怕再掉进冰窟窿里，在大家的帮助下，费了好大劲，这俩人才全部安全上岸。

第十章　恢复重建绕险段

◎ 顶风冒雨运物资

灾后，新站镇成了一个孤岛，救灾物资只能通过水路从大兴乡运往新站。镇政府干部成了运送救灾物资的主力，包维一、韩文华、王文学、孙长春、于站武、赵献涛都是水路运送救灾物资的装卸工。

9 月 13 日下午，船行至浩德乡北侧时，水面上突然刮起 5—6 级大风，不一会儿下起了暴雨，船上没有避雨的地方，孙长春、于站武、赵献涛三人被暴雨浇透了，冻得直咬牙。船终于在大兴乡西侧公路边靠岸了，他们去县里设在大兴乡的救灾指挥部里躲雨，县里派李海燕、何忠负责指挥部日常工作。傍晚，赵献涛去指挥部旁边唯一的饺子馆订饭，只剩二斤酸菜馅水饺，能有四十多个，饺子被端上来后，大家狼吞虎咽地吃起来，于站武站着不动筷子，盯着饺子瞅。赵献涛问于站武：“你跟饺子相啥面啊，咱们还是早晨吃的饭，一天水米没进，赶紧吃啊！”

于站武咽口唾沫，说：“就这几十个饺子，我自己都吃不饱，饱不饱饿不饿的，还是你们先垫垫底吧。”

赵献涛笑着说：“我去县指挥部看看有没有米饭，给你端一盆。”他放下筷子就向指挥部跑去，于站武跟在赵献涛身后。

赵献涛和县指挥部后勤做饭的师傅商量，给于站武盛了一大碗米饭，上尖。赵献涛四处瞅，想再配点菜，老师傅说：“别找了，菜没了，给你泡点羊汤吧。”赵献涛连声说谢谢。老师傅说：“这年头羊汤可不是一般人能喝上的，你这小子有口福，这年头能喝上羊汤你们就幸福去吧。”

没承想这话让身后的于站武听见了，他急眼了：“谁没喝过羊汤咋的，这饭吃的比要饭还难，不吃了。”说完摔门出去了。

赵献涛帮师傅烧了一捆树枝子做饭，才把老师傅哄好，把羊汤泡饭端到船上，于站武气还没消呢，说啥不吃，大家劝了好一阵子他才把这碗饭吃了，吃完笑着一抹嘴，老师傅手艺不错，这羊汤调的味道真是香。

他们吃完饭，运送救灾物资的汽车来了，这几个人的衣服还没干，雨基本停了，两个小时才装完船。趁着月色，他们行船返回新站镇，到镇里卸完船，已经是凌晨3点多了。

9月16日早晨，赵献涛和镇领导请假去县人社局报考转干考试，临走时政府秘书陈绍辉给他拿件救生衣，他上船后没有穿，而是坐在救生衣上。当船走到大兴乡西敖包冈子时，水面刮起六七级大风，小船开始向左侧倾斜，小船上坐了十来个人，船工嘱咐大家坐好别乱动。赵献涛想起座位下陈绍辉给的救生衣，急忙拿出来穿上了。这时他发现大家看他的眼神不太一样了，羡慕、嫉妒，赵献涛觉得救生衣长刺了，连忙脱下来了，船上的人都盯着他脱下来的救生衣，赵献涛看着船上有位孕妇，她的衣服湿了，脸色苍白，眼睛没离开过救生衣，赵献涛把救生衣让孕妇穿上，孕妇的神情一下子放松了，满心欢喜，从兜里抓出一把水果糖非让赵献涛尝尝，她穿上救生衣心情平静了下来，全船人把羡慕的目光都投向这位孕妇。到大兴船站，孕妇说她还得乘船去联结村南面的屯子回娘家，捋着救生衣的绳眼巴巴地看着赵献涛，赵献涛赶忙说："你还得坐船，这件救生衣送你了，你坐船还用得上。"孕妇乐呵呵地下船了，步伐轻盈。

这时一位五十多岁的大娘上前指着赵献涛拿的九寸兜子说："我还得坐船，你还有没有救生衣给我一件穿。"赵献涛打开九寸兜里面全是获奖证书，笑着对她说："大娘，我兜里没有救生衣了，这些证书给你，你也用不上啊。"大娘也笑了："那倒是，到我手里就是引火柴火喽，你这小伙子心好，工作也错不了，要不谁给你证书啊。"

◎ 组织党员发放救灾粮

洪水过后，很多村屯成了"光腚屯"。房屋和农田全被淹了，灾民真正成了房无一间，地无一垄的人。住房靠帐篷，吃粮靠救济。给灾民发救济粮和救灾物资成了一个挠头的事，三天一小仗，五天一大仗，个别受灾的村民开始仇视村干部，都想自己多分些粮食和救灾物资，同样的棉衣服都想要大号的，哪有那么多大号的呀。这种场面谁都不希望看到，这些村子民风纯朴，夜不闭户，邻居家过道门槛就得端碗饭。永安村包村领导李曙光、包村干部赵献涛、朱立清他们三个看不下去了，不能让多少年的屯风毁在分发物资上啊，他们发动全村党员和老村干部参与到救灾物资发放中来，大伙集思广益，目的就一个，发完物资村里人的关系比以前更亲。商量了一上午，最后定下来了。永安村的老刘书记、老党员韩春彦、包长荣等成立救灾物资发放领导小组，每次救灾物资发放前由党员领导小组决定发什么怎么发，再由村全体党员把物资分成应发放的份数，每一份装成一个编织袋，发放时叫人名自己去选一个编织袋拿走，回去才能看到里面是啥东西。分救济粮食主要按人口数量发，秩序好管理。这回村民不管分到手的是啥，都乐呵呵的，邻居间也互相换物资，倚着院墙开始唠嗑了。

党员义务发放救灾物资的模式在全镇推广开来，防止了救灾物资和救灾粮食发放中出现不公平现象。

◎ 重建中因公受伤

1999 年在灾后重建中，镇村干部成了恢复重建的主力军。永安村治保主任宫希才负责各户重建物资的发放，镇里规定各村领取救灾重建物资时必须由村干部签字和押运。

4月23日，永安村负责救灾重建物资的宫希才从镇政府草站院里拉出来一车村民建房用的松木板方，来一趟不容易，板方超载了，用四轮车装，高出车斗一尺，宫希才怕路上板方丢失，自己坐在车斗的木板上，洪水过后新站街里和通村的路不平，疙疙瘩瘩，走一趟肠子都要被颠断了，刚走到永安后山，四轮车拐进村北路是一排连环的车辙，忽悠一下把宫希才甩下车，司机郭英祥不知道情况还往前开，路旁的村民急忙喊郭英祥停车，大家把宫希才送到新站卫生院，连夜请来县里的大夫，诊断结果是双侧股骨头断裂，成了双腿残疾。

5月2日，四合村村副主任王清国和村干部安海涛在新站调运救灾建房的石棉瓦结束后已经是晚上10点多，他俩骑摩托返回四合村，行到肇源农场东侧时，对面驶来一台面包车，车灯晃得他俩睁不开眼睛，俩人先后掉进路边水沟中，造成王清国胃肠多处严重穿孔，经手术治疗后仍身体虚弱，不能干体力活儿。

防汛时镇村干部冲在大堤一线，灾后重建时冲在建设恢复一线，没有一人因为身体受伤找党委政府谈条件，入党誓言铭记于心，我们的党旗比汛前更鲜艳了！

◎ 国堤改线绕险段

胖头泡段的漫堤决口主要原因是防汛后期无法运送土方，重点是洪水和胖头泡两水夹一坝，背水坡水下的管涌、鼠洞都很难发现。水利技术人员分析1998年胖头泡防汛中的不利因素，提出国堤改线的大胆想法，得到松辽委、省市县领导一致认可。经水利部批准，第二年春季改线的新国堤开始动工修建，由于新国堤土方和永久护坡建设需要1~2年时间能完成，指挥部决定抢在汛期来临前完成改线新国堤的主体工程，保证能够安全度汛。

1998年8月15日凌晨2时20分，胖头泡段因洪水漫过坝顶漫堤决口，经测量漫堤决口长度最后达到为776米，深19米。根据技术人员的设计方案，指挥部决定暂不封堵胖头泡决口。

◎ 封堵胖头泡决口

陈立敏听到这个消息后，多次去县里找领导，因为新国堤全是沙基沙坝，担心1999年无法安全度汛，建议县里抢在汛期到来前恢复胖头泡决口。县里没有其他措施保证新国堤安全度汛，只好在县财政十分脆弱的情况下，把封堵胖头泡决口这项工作交给龙源市政公司负责，资金由县里承担。

1999年3月末，胖头泡决口全部封堵完成。县里将迎水坡铺无纺布和一米厚黑土的工作交由新站镇实施。

镇里为了增加灾民收入，在胖头泡决口附近找了一块取土场，组织附近受灾村屯的灾民拉土修坝，抗灾自救，从而增加灾民收入。

新站镇抽调5名镇干部到胖头泡负责施工，赵献涛任组长，朱立清、朱立民、闫凤祥、王东军为成员，当天就进驻胖头泡。三月份，外面还是冰天雪地，这五人要吃住在这里，立起两顶棉帐篷，白天还可以，晚上被冻得直咬牙。队员们没有其他的取暖设备，只能靠做饭的气灶燃烧取暖。4月份倒春寒，他们给运送黑土的灾民检验完土方已是晚上9点多，他们从凌晨5时就开始检验土方，此时，他们已经工作了16个小时，到了帐篷里吃了口面条就睡着了，衣服都没脱。半夜时，赵献涛迷迷糊糊想吐，梦魇了似的，浑身没劲，狠命地蹬腿从床上摔下来，清醒了，坐起来，这才发现气灶的管子已经着火了，再晚发现几分钟，这五人都会煤气中毒……

5月中旬，来拉运黑土的灾民更多了，四轮车、牛马车挤的便道水泄不通，赶车的鞭子声老远就能听到。

镇政府考虑灾民手头没钱，买块肥皂还得两元钱呢，决定每三天给灾民发放一次运送土方的运费，等到发钱那天，百元钞票蘸着唾沫数了三四遍，日子又有奔头了。白天车多，取土场车辆拥堵，耽误时间，拿到运费的灾民起早拉土，凌晨两三点钟就起来往土场运黑土，镇政府的干部就得跟着起来计数，晚上收工后就八点多了，他们几个吃完晚饭还要把每天各家各户运送土方的量统计出来，反复核对几遍，这样一来，天天就得熬到半夜，他们不忍心让灾民的车在外面等，后来干脆天天24小时连轴转了，镇干部朱立清已经三四天连轴转没有休息了，有一天上午他手里拿着计数本，突然就晕倒在了土堆上，喝完一瓶葡萄糖就接着计数。

镇干部闫凤祥负责发放现金，中午吃饭时和县里的刘工因工程进度吵了起来，越说越来气，俩人动起手来了。正在坝上维持车辆秩序的赵献涛看见帐篷前有人向他挥手，骑上摩托车往帐篷这赶，“你赶紧进去，屋里干起来了，闫凤祥和刘工，刘工刚走。”没等赵献涛从摩托上下来，就有人告诉他了。进屋一看餐桌上盘子也翻了，杯子也摔了，大米饭盆扣在了地上，“也没给我留点”赵献涛和闫凤祥打趣道。闫凤祥的袖子裂扯开了，胳膊上有两条血沟子，腿肚子正淌血，像是用玻璃割的，赵献涛用闫凤祥被撕破的袖子把他胳膊和腿上伤口包扎住了，骑摩托车送闫凤祥去肇源农场医院去处理伤口。闫凤祥坐在后座疼的哼哼唧唧的，赵献涛摩托车一加油门，车猛往前闯，闫凤祥从摩托上被甩了出去，坐在地上抱着腿嗷嗷喊疼。赵献涛把摩托车一扔，下车一看闫凤祥脚上一个大口子汩汩淌血，赶紧把他扶上摩托车送往医院。

农场医院的大夫都去场部开会了，只有一名护士在值班。护士检查了一下，说得缝针，但是她缝不了，她是中医护士，闫凤祥疼得龇牙咧嘴，赵献涛问大夫啥时候能回来，护士说要再等个半个小时。赵献涛让护士给闫凤祥的伤口消消毒，重新给包包。护士看赵献涛挺实诚的，就给闫凤祥处理伤口了。闫凤祥靠着赵献涛身子，有气无力的。

大夫回来后检查了一下伤口，问：“你们是哪的人？”

“我们是新站镇政府的干部，在工地施工呢。”闫凤祥抢着回答。

“你这伤口是怎么弄的？”大夫边按腿边问。

“骑摩托摔倒了，卡坏的。”闫凤祥龇牙咧嘴地回答。

“明明是打架的伤，还糊弄我说卡坏的，把我当什么了？看不出来呀，这时候还有心思打架，这是什么政府干部？”大夫拽着他的腿：“你们新站决口把我们农场淹的草棍都没剩下，现在我的媳妇孩子还都在建三江农场呢。”

这时，西面天上黑压压的乌云上来了，闪电不断，雷声越来越近。刚包扎完伤口的闫凤祥担心伤口进水，求大夫再用塑料袋包一层，大夫说没有。他俩往医院门外走，护士追了上来，给他俩一个雨衣，赵献涛把闫凤祥罩在里头，他紧紧搂住赵献涛的腰，他俩就往回骑。刚走出肇源农场，狂风卷着暴雨就砸在他俩身上，赵献涛淋成了落汤鸡，事后，闫凤祥去附近的四合村卫生院输了一周消炎药，伤口才彻底恢复。

6 月末，胖头泡决口处才彻底封堵完成，成为新国堤的头道防线。

抗洪抢险的各级表彰会都已经开完了，但灾民的吃饭、住房、子女就学等灾后问题一个又一个地摆在了镇村干部面前。灾后防疫、交通通信、生产恢复、社会治安、救灾物资发放等问题，铺天盖地一股脑压在镇村干部头上。

肇源县委提出：“一年受灾，一年恢复，两年发展”的目标，新站镇是全县受灾最重的地方，镇村干部的工作量是平常的几倍。

转眼学生就要开学，新站镇提前谋划，就地能建帐篷的建帐篷，不能建帐篷的集中到本镇没有被淹的学校就读，食宿全部免费，保证没有因洪水灾害造成学生辍学；镇卫生院的医疗队进村入户巡诊、送医送药、防疫灭病，灾民有小病的不用出屯就能诊治；工商、粮食和物价部门保证粮油供应和物价平稳。有人借受灾哄抬粮油价格，低价收购灾民的猪、狗、牛、羊，镇执法大队把车扣了，人拘留，再也没人敢伤害群众了。这措施实施后，灾民的心就不焦躁了，心稳了，日子就好了。

转眼冬天到了，这些房倒屋塌的灾民夏秋季节可以在帐篷里生活，但冬天来了那可是受不了，镇里召开会议，各村能建房的建房，能进房的进房，东西屋、南北炕都用上了。还有一些实在没地方住的挖地窨子住，保证灾民安全过冬，绝不能发生人员无处过冬问题。

“灾民要抗灾自救。”镇里的宣传车在村屯宣传，“过好日子还得靠自己，帮一饥不能帮百饱。”镇里在年前提出口号，就是防止个别灾民在受灾后对政府的过度依赖、灾民不能变成懒汉，要自力更生，用自己的双手创造新生活才是人间正道。

泄洪清障结束后正式启动重建，四面八方的企业和部门开始扶持灾后重建的新村，一列列的火车运来了红砖、木材、水泥、石棉瓦，一方有难，八方支援。

灾情发生后，全国各地同胞的爱心汇集在新站，志愿者、医疗队、红十字会和没有受灾的地区纷纷来新站捐赠慰问，每天两船的棉衣、水、方便面和火腿肠等生活物资迅速运到新站，镇干部由抗洪抢险转段为抗灾救灾，每天运送救灾物资、发放救灾物资成了镇村干部的主业。新站人感受到全国人民的爱心温暖。

9 月 1 日，大公报（香港）有限公司捐赠仪式在省教委举行，副省长王佐书、省教委主任张慧芳等领导出席了仪式。大公报副总经理林宁先生代表公司同仁及贵报几十万读者向灾区人民表示亲切的慰问，并捐资 20 万港币兴建肇源县新站镇旭日村大公小学。县教委副主任王爱群、新站镇党委副书记王作林、旭日村党支部书记刘百祥参加了捐赠仪式。同时保证，一定要以最快的速度，最好的质量重建被毁学校。

旭日新村、永安新村、发展新村等一大批新村陆续开建，施工队伍 200 多个，很多灾民进入了恢复重建的行列。

9 月 13 日，受灾乡镇陆续报捷本乡镇的灾民全部安置妥当。只有新站镇还有一些灾民没有安置妥当。

9 月 14 日，天降大雨。一艘快艇风雨兼程抵达新站镇。县委书记田凤春顶风冒雨亲赴新站镇解决灾民的过冬问题。

走进办公室，田书记的棉大衣上还滴着水。陈立敏惊讶得半天才说出一句话："田书记，你，你咋来了？有啥事打个电话我就去您那汇报了，这大雨天的您怎么来了？" "我来就一个事，就是要亲眼看看你们镇是怎样解决灾民过冬问题的。”田书记要求陈立敏陪着一起走访看望野外帐篷里的灾民，看见学生在帐篷里上课，老人围着地炉子捻麻绳，帐篷外面又挂了一层防寒毡，田书记的脸上才露出笑模样。

省民政厅要求各地坚持从速、全覆盖发放救助资金，受灾地区按月发放过渡生活补助资金。同时，提前采购并储备1.82万床棉被、1.36万套棉衣裤、2400多件多功能棉服，努力保证受灾群众温暖过冬问题。

省减灾委工作会议也强调，要加大灾民救助和恢复重建资金的争取力度；加大房屋恢复重建修缮的力度；加大管理、服务工作的力度。确保省委、省政府提出的“五有”要求落到实处；确保省委、省政府提出的“四个服务”到位；确保各种救灾款项不截留、不挪用，资金使用公开、透明、到位；确保能收的秋粮颗粒归仓，能恢复的土地明年能播种；确保灾区稳定、治安良好、生活秩序正常。

肇源县委组织水利、农业等涉农部门技术人员，指导群众对受淹农田进行涝区排水和秋收作业。积极协调农业、财政、保险等部门，为灾区群众争取各项政策性补贴、农业保险赔偿。和金融部门磋商，对农民贷款实行延期还款和利息补贴政策，保证灾区群众生产自救资金需求。

◎ 重建家园难选址

灾后房屋重建过程中按照县委提出的“低迁高、小变大、土变砖”的思路，在村屯规划上按照“撤并自然屯、建立中心村、发展小城镇”的工作原则重建。1998 年 12 月，市、县规划部门对受灾的新站镇灾后重建进行了统一规划，软硬件同时操作，绘制图纸，准备物料，破土动工。灾民们心里热乎乎的，每天都激动着，仿佛这个世界被一场洪水洗劫之后纯净得消失了所有的矛盾一般。

抗洪容易救灾难，重建是难上加难，焦点集中在地皮上。

建房的地源和位置是第一个难题。在旭日村拟建的旭日新村重建方案一连修订了 5 个回合，还是没有取得预想的结果，群众还是不满意。为了确定选址，镇村干部挨家挨户去征求意见，熬过了多少不眠之夜，都伴随着烦恼和忧虑不断加深飞逝而去了。一直到了绿意满山的 5 月，干部仍然不能按着规划去钉上重建房屋的界桩。他们面对着人与自然、生存与发展的重大课题，最终的目标是让愿望和现实接轨。

最初的规划是美好的，市规划设计院将新站镇受灾的 2000 户灾民集中在二中南侧重建房舍，新区离公路近，地势高，位置好。有住宅区、公共事业区、商业服务区等，有学校、有医院、有自来水和有线电视……一个现代化新城镇的蓝图很快绘制完，展现在人们面前。任何人都不会怀疑，不久这张蓝图就会顺理成章地在肇源县这个最大乡镇的土地上矗立起来。

而事情没有如人们的想象那么简单。当方案一公布，村民的眼睛只耀亮了一瞬就迅速地暗淡下去——建房要占去 100 多户农民的土地，而这 100 多户农民的土地恰是新站村的“地眼”，每年这块地上长出的蔬菜给他们增加了不少收入。他们是宁可没有现代化新村，也不能没有这块肥田。

将受灾的 7 个小村撤掉换成一个现代化的大村，这是经过专家论证和测算得出的最佳方案。这个方案更合理地布局了人口的生存空间，更多地让出了土地，增加了更多的文明因素，蕴含了更大的发展潜力，符合乡村发展的长远利益。但是，这个美好的方案村民却不肯接受，眼前利益的牺牲让他们心痛欲裂，沉淀在血液中的安土重迁的本能浮涌上来，没有任何语言能把这根深蒂固的东西从他们的头脑中挖出去。几轮讨论、切磋、反复，村民就是不同意，县、镇、村干部一筹莫展，束手无策了。

让全部村民都免费住上楼房，可 80% 村民不同意，觉得上楼农机具等种地的设备没地方放，猪鸡鸭狗没法养了，少了来钱道，再说离自家耕种的地太远了，干农活儿不方便。后来在镇政府所在地和新合村之间建一个新村，村民还是不同意，觉得这块地方风水不好，早年间枪毙过土匪，压运势。最后只能研究在通往镇政府的路旁，离旭日村较近的高冈上建旭日新村。可新的问题又来了，这块地不是旭日的，是镇政府所在地的新站村的菜园子地，这个村的农民祖祖辈辈靠这块菜园子种菜挣钱维持生活，虽说他们也被淹了，建新村也有他们的份，这些人说他们住草棚子也不能没有这块菜园子。

市建设局的专家经过论证和实地勘测，建议在镇政府的西侧建新村，地理位置较高，土地预留的面积大，可以把受灾的村屯撤并在一起，规划新村的建设方案。

村民们离不开祖祖辈辈那一亩三分的院子，离不开祖祖辈辈这几间房，就是不离开自己生长的老地方，如果在老村选高冈哪里都可以，但一听说离开老村撤并到其他地方，这些人就是不同意搬走，说破嘴也不搬。现代化建设与传统的小农意识在新建房屋选址的问题上形成了碰撞。

还有另一个群体，就是新村选址被占地的农民，他们不论镇村干部怎么说也不肯接受，而且情绪特别激烈令人始料不及。

陈立敏想这活儿还得找有虎气有胆识的人来干。这事还得让孙凤祥来负责，别人都没他那股子冲劲。

陈立敏找孙凤祥谈话，让他接这个活儿，只有他能做通这么多群众的思想工作，这块硬骨头他就能啃得动。

陈立敏赶紧去县里，给主管重建的县委副书记汇报了新村选址的难度，同时请示县领导安排县规划局调来一个工作组帮助指导具体选址，镇里也派精兵强将配合县里工作组工作，县委副书记对陈立敏主动出击的做法大力赞赏。

陈立敏回到镇里把孙凤祥召到办公室，传达了县委的意见：由孙凤祥配合县里工作组研究确定旭日新村的选址工作。“你就别推辞了，县委领导亲自点将，特殊时期，咱们是分工不分家嘛，都是自己家的事。”话说到这个程度，孙凤祥没有讨价还价的余地，必须服从县委领导的安排部署。

孙凤祥的意见是结合专家方案和村民意见，县建设局刘英龙进驻新站镇坐镇指挥，因地制宜，尊重村民意愿，能住上安全房是最终目的。

5月1日劳动节这天，新合村和新站镇周边几个被淹的村屯倒房户代表、县规划局局长、孙凤祥进行了一场艰难的对话，中心问题还是重建征地，这场对话进行了三天两夜。集体谈话、挨户走访、单独谈话等各种方法都试了，也没能达成共识。

在新站村的村委会，人走了一拨又来一拨，炕上坐着，地下蹲着，墙边站着，满屋都是人。众多的旱烟卷、小烟袋燃烧着，烟雾将室内的空气搞得混浊不堪。每个人的脸都浮在烟雾中，模糊不清。

方案一个又一个地出现，又一个又一个地破灭。

“换地吧，从别处给你们调地。”

“不行，一亩园三亩田，我们的菜地是重点，啥地也比不了。”

“可以根据地力算面积，让换地的村多给补点。”

“不行，补多少也不行，这块地值钱就值在离新站镇近，别的地方再好也不要。”

“在经济上给补偿呢？”

“也不行，这块地是不打的聚宝盆。”

掰开揉碎，大道理小道理说得口干舌燥，哪种方案都不行，问他们哪样行，就是自己家不搬、不占自己家地，还得住进新房子。

半夜两点，熬了几天的工作队和村民都累了，乏累但睡不着。也没有心思睡觉了，大家无声地坐着，凌晨4点，孙凤翔的头脑中突然灵机一动：调整一下新村的设计方案，将房子尽可能地盖在次地上，少占好地。同时，能够在原址上建的几个村还在原址上建，缩小新村的规模。孙凤祥说：“被征占地的村也倒了一些房子，如果这些人还不同意，就不让本村的倒房户在这建房，让他们自己村的倒房户去做被占地户工作，自己刀削自己的把儿。”

办法一说出来，大家一下子就精神了，都觉得可行。大家又补充了具体细节。但，这样做有一个问题，规划方案是市里统一制定的，调整方案不知市里能否同意，孙凤祥说先别管市里同不同意了，先过村民这关吧。

早晨5点，镇村干部重新召集村民代表对话。当孙凤祥将这个新的方案详细地说给群众时，他们经过了这几天的反复拉扯，也想明白了，不做让步是不能住进新房子的，盖房还不用自己掏钱，不少人家三辈子住的都是土房，这回是大砖房。村民代表说：“就这样吧，也没别的好招了，地窨子住够了，地上潮，行李都长毛了。”有代表松口了，先表态了。

“那可不行，去哪里盖房子都行，就是不能占我们的菜园子。”一个被占地的村民站起来反对。

“就你一个人不同意，那我们规划建房还能到你家菜园子那拐个弯啊？大灾后，解决村民住房问题政府统一规划征地，是你一个人说不行就不行的吗？如果因为你一个人不同意，全镇八百多户房子建不上都蹲露天地，到那时候看全镇这些灾民怎么收拾你！你种的菜正好救济这些没房住的灾民，省得你去市场卖菜了。”孙凤祥非常气愤地回答。

“谁不让我们建房，我们就搬他家住去，正好没房子住呢！”一个没房的村民喊道。

刚才不让占地的村民被他媳妇扯着衣服拽出去了。

群众工作就是将心比心，以心换心！趁热打铁，天一放亮，彻夜未眠的县、镇村干部就到现场去拉线挖槽，只一天工夫，505户灾民的宅基地全部划分到户。

◎ 百年洪水寻根源

洪水无情党有情，群众利益重于山。新站人民不会忘记，洪水肆虐时，县委田书记靠前指挥，在“孤岛”上安抚灾民，苦难共担；新站人民不会忘记，全国人民捐款捐物，上至建房板材下至棉衣大米，更需铭记43000多人撤离时无一人伤亡。

没有经历过真正的苦难，就没有真正意义上的成长。新站人民把苦难转化为压不垮的意志，把党和社会各界的支持转化为不竭的力量。三年恢复重建，让人们看到了新站决心。

排水修渠，架线筑路，建房植树……没有人在意自己到底流了多少汗，付出了多少艰辛，但，历史不会忘记。

后事不忘，前世之师。经过各级专家对此次特大洪水形成原因的解读，总结了以下几点：

一是气候异常导致发生洪水。1998 年入汛以来，雨量多、强度大，降水集中。从 1997 年春开始最强的一次厄尔尼诺现象，鄂霍茨克高压脊和乌拉尔山高压脊之间形成一个东北冷涡，给东北地区带来持续降水，并且冷涡活动频繁，反复出现死死钉在呼伦贝尔市和大兴安岭一带，冷暖空气反复交汇在嫩江流域，导致嫩江流域出现持续不断强降雨天气，6 月到 8 月降雨量达 577 毫米，是历年同期平均降雨量的 180%，导致此次洪水来得早，来源单一。肇源县 1998 年降雨量 634.3 毫米，降雨量历年平均值为 413 毫米，是常年降雨量的 154%。

二是嫩江支流遭遇不同年限的特大洪水。嫩江 13 个水文站监测到有水文记载以来的第一次大洪水，诺敏河洪水 500 年一遇，雅鲁河洪水超千年一遇，阿伦河洪水为 200 年一遇。7~8 月嫩江流域暴雨叠加到一起全部涌入嫩江，致使嫩江发生超百年纪录大洪水。

三是环境被破坏，导致大洪水发生。据有关部门统计，全省森林覆被率由 20 世纪 90 年代初 70% 以上下降到 35%，大、小兴安岭森林覆被率只有 60% 左右，低于 20 世纪 90 年代初全省平均水平。森林具有很强的保水能力，树冠和枝叶可以截留 20% 以上的降雨量，可使一部分降水沿枝干流下，缓缓进入土壤削减雨滴冲击力，减少地表径流。据测算，一厘米厚的枯枝落叶层可以将地表径流减少 25%，泥沙量减少 94%。

◎ 防汛小常识

巡堤内容：堤坝有无漏洞、跌窝、脱坡、裂缝、渗水（潮湿）、管涌（泡泉）、崩塌、风浪淘刷，河势流向有无变化，涵闸有无移位、变形、基础渗漏水，闸门启闭是否灵活等情况。此外，还需特别巡查堤防附近的水井、抗旱井、地质钻孔等人为孔洞。

警戒水位：指江河漫滩行洪，堤防可能发生险情，需要开始加强防守的水位。

散浸：土坝在水压作用下，水流会沿着坝身土料、坝基土体渗透，当渗流高溢点太多，使出溢点以下的坝坡土体出现潮湿现象，这种现象叫作散浸，也叫渗透。

土坝发生散浸现象时，开始是土壤潮湿变软，颜色变深，继之则普遍渗水，有时还冒水泡。渗水先集存在坡面上，在太阳光照射下，有反光现象。渗水多时，则汇集成细小水流，沿细小的沟，流向坝趾。在晴天或阴天，这种险情比较容易发现，也不难鉴别。但在雨天，由于雨水落在坝坡上所出现的情况与散浸现象很相似，这就需要加以鉴别。鉴别的方法，可用铁锹插入坝坡，如铁锹容易插入，并且插入较深，抽出后铁锹带有泥浆者，可确定属于散浸现象。此外还可以在坝坡上临时做小土梗，隔离坡面的雨水，减少混杂，以便仔细观察土壤软化和渗水的情况。水温也是一个鉴别的因素，由于土坝坝坡渗出的水一般比河水和雨水的温度要低。

参考资料

1. 吕广华：《天·地·人》肇源文史资料（内部）[J].2000（1）：45—68.

2. 包立平：《肇源文艺》98抗洪特集（内部）[J].1998（11）：24—31.

3. 王坤：《大堤兵魂》98肇源人武部抗洪纪实（内部）[J].1999（1）：5—10.

4. 何连珍，马明：《魅力肇源》（内部）[J].2008（7）：9—10.

5. 周惠生：《长堤作证》（内部）[J].2013（8）：5—7.

6. 张秀池：《东北水利水电》[J].2000（1）：23—24.

7. 许士国，等．嫩江1998年特大洪水环境影响分析[J].大连理工大学学报，2003（1）：31—37.

8. 肇源县防汛指挥部：《防汛快报》（内部）[J].1998（8）：1—16.